# 酒の神さま

バー・リバーサイド❸

吉村喜彦

ハルキ文庫



角川春樹事務所

# Bar Riverside 3

CONTENTS

# サザン・バード

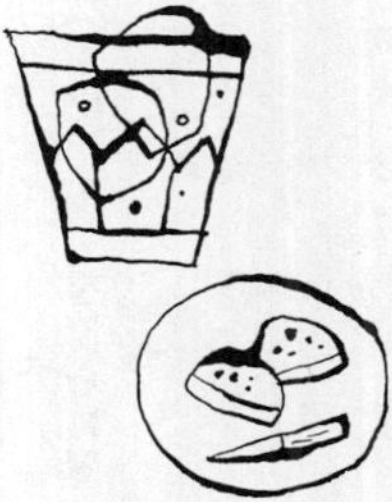

Bar Riverside

コンコン――。

軽やかなノックの音がして、バー・リバーサイドの扉がゆっくりと開いた。

春の夕べの光が射《さ》しこみ、やわらかな空気が流れ込む。

と、そこに、少年のような風情の女性がひとり、赤いスーツケースを傍らに置き、背筋を伸ばして立っていた。

「ご無沙汰《ぶさた》してます」

笑顔をみせて、ぺこりと頭を下げる。

ショートヘアーがさらさら揺れると、花の香りが漂った。

洗いざらしの生成《きな》りのコットンワンピース、その上にグレージュのダウンベスト。素足に白いバレエシューズできめている。

うつむいてナプキンを畳んでいたアシスタント・バーテンダーの琉平《りゅうへい》が顔をあげ、

「お、アッコさんだ」

思わず、はずんだ声をだした。

アッコこと青方明子《あおかたあきこ》の周りには、日だまりのような気配が漂っている。まるで、春がひとの姿になってやってきたようだ。

琉平より少し年上で三十代半ばだが、小柄で童顔なので、ほとんど高校生のように見える。いつまでもキュートでほがらかな明子には、アッコという呼び名が似合っていた。

「久しぶりだねえ」

グラスを一つひとつ取りあげて、傷や埃《ほこり》がないかチェックしていたマスターの川原草太《かわはらそうた》は、カウンターにショットグラスを置きながら、顔をほころばせた。

「最近、ちょっとバタバタしてて……」

アッコは頭をかきながら、「はい。これ、おみやげ」

右手に持った袋を、ちょっと高くかかげる。

マスターが、ありがとうと言いながら、おみやげの袋を見つめて首をかしげた。

「でも、よく休みがとれたね。どこか、行ってたの？」

「うん」

ちょっと曖昧《あいまい》な顔になって、アッコはうなずく。

アッコの仕事はタクシー・ドライバーである。

前回、店に来たときに、なかなか長い休みがとれない、とこぼしていたのをマスターは覚えていた。

琉平がカウンターの中から出てきて、おみやげの袋を両手で受け取ると、すばやくその中をのぞき込む。

「あ、焼酎《しょうちゅう》と……これ、きっと、おつまみだ」目を細めて言う。

「ご名答」

アッコがにっこり笑ってこたえると、

「カラスミもあるじゃん」

と目ざとく好物を見つけ、軽くウインクして、再びカウンターの奥に引っこんだ。

「珍しいよね。長い休暇がとれるなんて」とマスター。

「ちょっと田舎に帰ってたんだ」

アッコは九州の西に浮かぶ五島列島・中通島《なかどおりじま》の出身だ。

「友だちの結婚式とか、親戚《しんせき》の集まりとか、なにかあったの？」

マスターがほがらかに訊《き》く。

ううん、とアッコは首を振り、

「母が骨折しちゃって……」

アッコの母親はマスターと同年輩と聞いている。

最近、からだの不調が多いマスターは他人事《ひとごと》とは思えず、

「どこを折ったの？」

眉《まゆ》をすこし曇らせて、訊いた。

「右の足首。バスから降りようとして、足を滑らせたんだって」

アッコの母親は地元の漁師町で小さな食堂を経営している。

父親は船員で、ほとんど家には帰ってこない。淋《さび》しさをまぎらす意味もあって、母は、アッコが子どもの頃に食堂をはじめた。

たったひとりの姉が結婚後も実家近くに暮らしているので、骨折した母の入院から日々の世話まで何くれとなくやってくれたという。

「だから、退院のときぐらい、わたしも何か手伝わなくちゃと思って」

とスツールに腰をおろしながら、アッコが言う。

「親孝行、したいときには、親はなし——ってね」

琉平がカウンターの奥から身を乗りだし、わけ知り顔に茶々を入れた。

マスターは琉平に鋭い視線を放ったが、アッコのほうに向き直ると、表情をゆるめた。

「歳《とし》とってくると、骨折が致命的になることがあるからね」

気づかわしげに言うと、おしぼりを出し、

「お母さん、大丈夫だった？」

「うん。足首にボルトを入れる手術をしたんだけど、術後の経過はとてもいいって」

「なら、ちょっとホッとしたね」

マスターが微笑《ほほえ》んで言うと、アッコがようやく白い歯を見せた。

「今日、最初は、どうしようか？」

マスターがオーダーを訊く。

「なんだか、のど渇いちゃった。陽気がいいんで、駅からずっと川堤を歩いてきたんだ。爽《さわ》やかで、この季節にぴったりのドリンク、お願いできますか」

「オーケー」

すかさずマスターがこたえる。頭の中に何となくイメージが浮かんだようだ。

「そうそう、野川《のがわ》も多摩川《たまがわ》も、菜の花いーっぱい咲いてたよ。目をつむっても、あの色が浮かんできちゃう」

とアッコが言い足した。

マスターは黙ったまま、ゆっくり後ろを振り向き、バー・リバーサイドの横長の窓から広がる川景色を見つめた。

河川敷は、ひと月前とは打ってかわって、みどり一色に染まっている。

芝生の真ん中に並んで立つ三本の桜は、まだ花も咲いていないのに、樹《き》ぜんたいが心なしかほんのりピンクがかって見える。

多摩川のあちらとこちらの岸辺には、菜の花が鮮やかな黄色の帯《おび》を流し、川面《かわも》は傾いた光に照らされて、オレンジ色にきらめいていた。

風景の輪郭がぼやけ、角がとれて、霞《かすみ》がかかっているようだ。

マスターはひとつうなずくと、冷蔵庫からヴーヴ・クリコのボトルを取り出した。

キャップシールを切り取り、ワイヤーを丁寧にはずし、ボトルを傾けて回しながら、コルク栓をゆっくりと抜く。

大好きなシャンパンのボトルを見たアッコは、目を輝かせた。

やがてマスターは、ボンッと少しくぐもった音をさせて栓を開け、フルートグラスにシャンパンを注《そそ》いでいく。

サワサワサワと、そよ風が河原《かわら》の葦《あし》をそよがせるような音をさせ、細長いグラスの中をきめ細かな泡が立ちのぼっていった。

アッコには、小さな泡の一つひとつに命が宿っているように見えた。

いつまでも元気でいると思っていた母の、老いて弱った姿が、その繊細な泡に二重映しになる。

グラスの内壁にじっと取りついている泡もあるし、あっという間に液体の中から旅立っていく泡もある。泡にも個性や運命があって、それぞれの命を生かされているように思えるのだ。

マスターはシャンパンをグラスの六分目まで注ぐと、そこに、琉平がしぼったオレンジジュースを注ぎ、マドラーで一回からんと混ぜて、アッコの前にグラスを滑らせた。

液体は、川辺に咲きほこる菜の花のような色をしている。

「ミモザ、です」

マスターが落ちついた声で言う。

「ミモザって花の名前でしたっけ?」とアッコ。

マスターは軽くうなずき、

「菜の花の黄色で思い出したんだ」

「シャンパンをオレンジジュースで割るなんて、すっごい贅沢《ぜいたく》!」

そう言って、アッコがひとくち飲む。

大きな瞳《ひとみ》をさらに大きく見開いた。

一気にグラスの半分ほどを飲みほしたアッコは、フルートグラスをふわりと置くと、ふーっと吐息をつき、こんどは瞳をしずかに閉じた。

「これって、おとなのプレミアム・オレンジジュースだね」

＊　＊　＊

島で育ったアッコは、子どもの頃から海の向こうに憧《あこが》れていた。

父は船員で、家にあまりいなかったけれど、たまに家に帰ってくると、かならず世界各地のおみやげをくれた。そんな父を見ていたアッコは、「大きくなったら、いろんなところに行ける仕事につきたい」と思ったのだった。

あるとき、久しぶりに家で夕食を一緒にとった父が、煙草《たばこ》をくゆらせながら、

「うちは倭寇《わこう》ん血筋《ちすじ》やけんね。こころが外に向かって開かれとーったい」

と胸を張って言ったことがあった。

「倭寇って、海賊やろ？」とまどいながらアッコがたずねると、

「略奪ばやったんもおったが、うちは貿易ばしよったけん。先祖からはそう聞いとーばい」

父は自信をもってこたえた。

以来、アッコは、倭寇といってもべつに悪い人ばかりじゃないとホッとし、むしろその末裔《まつえい》ということに誇りをもつようになった。そして、ますます外に向かって目が開かれて

いった。

幼い頃から活発で、先生からは「落ちつきがなかばい」とよく叱《しか》られた。

男子とケンカをしても負けないくらいお転婆《てんば》だったアッコは、運動も勉強も得意だった。

ただ一つ、泳げないのが欠点だった。

だから、父と同じように船員になりたいと言ったとき、両親から「事故にあったら、たいへんやろうが」と猛反対され、その夢は泣く泣くあきらめた。

でも、島の狭い世界しか知らないのはぜったい嫌だった。

地元の高校を出ると、東京の大学に進み、勉強そっちのけでサイクリング部に入って全国各地を自転車で旅してまわった。旅行中、危ない目にあっても対処できるよう、合気道の同好会にも入った。

やがて就職活動がはじまると、旅と関係する仕事がしたくて、航空会社や鉄道会社、旅行代理店などを受けたが、ことごとく落ちて、なんとか小さな商社に滑りこんだ。

商社の営業ウーマンになって外国に行けると思っていたのだが、入社してみると、なんと配属は総務課だった。

「毎日まいにち、他人の出張精算ばっかりやってるのって、ほんと消耗しちゃった」

そう言って、アッコは、琉平がサーブしたひよこ豆のペーストを薄切りバゲットととももに頬張《ほおば》ると、ミモザを飲んで続けた。

「なんで、ひとの旅行で使ったお金をわたしが計算してあげなくちゃなんないのよ、ねえ？　わたしなんか、出張でも何でもいいから旅したいのに」

「ほんと、そうですよねえ」

琉平が大きく首を縦に振って、調子よくアッコに合わせる。

当時の鬱憤《うっぷん》を思い出したのか、アッコはちょっと口をとがらせ、

「タクシーの領収書をドライバーから安く買って精算して、その差額をくすねる人とか、知り合いの飲み屋さんから白紙の領収書をもらって、テキトーに自分で金額書いてくる人とか、フツーにいたもん。なんで、そんな人のために、わたしの大事な時間を取られなくちゃなんないのって、ほんと頭にくる毎日だったよ」

しんと静まりかえった職場で、パソコンのキーボードを打つ音だけが響き、上司に一日中監視されているような環境には、ほとほと嫌気《いやけ》がさした。

デスクに向かって仕事をしていると、誰か、この檻《おり》から自由に羽ばたかせてくれ、と叫び出しそうになった。一刻もはやく、大空に飛び立ちたいと思った。

そんなおり、大学のサイクリング部の同窓会に出席して、タクシー運転手になった先輩の話を聞いたのだ。

先輩は、ドライバーは出社と退社のときに営業所に顔を出すだけで、それ以外は一人で仕事ができて自由だと言い、なんなら、うちに来ないか、とアッコを誘ってくれた。

結局、アッコは二年勤めた商社を辞《や》め、その先輩の紹介で二子玉川《ふたこたまがわ》近くに営業所のあるタクシー会社に転職したのだ。

ちょうど十年前の春のことだった。

「そりゃあ、渡りに舟……というか、渡りにタクシーですよね」

と琉平がおちゃらけを言い、ははは、とひとり笑ったが、マスターとアッコは目を見合わせて首をひねった。

＊　＊　＊

「最近、仕事は、どうなの？」

マスターが落ちついたバリトン・ボイスで訊《き》いた。

「ほかの人はどうかわかんないけど、わたしは全然ダメ……」

アッコがちょっとうつむいて、カウンターに置かれたミモザのグラスを見つめた。

天井から降りてくるピンライトに、菜の花色の液体があかるく光る。

「まえは、営業所の中で成績ベスト10《テン》にランクインしてるって、威張ってたじゃないっすか？」

　琉平が突っこむと、アッコが首をゆっくり横に振り、弱々しい笑みを浮かべ、

「なんだか、このところ、ずっと成績が悪いんだ」

声が小さくなった。

「タクシーって博打《ばくち》みたいに運にも左右されるんでしょ？　良《い》いときは良いし、悪いときは悪い」

琉平がいかにも世故《せこ》にたけた、わかったような口ぶりで言う。

「でも、広い海も、お魚がいるところは決まっているように、距離のかせげるお客さんの集まるポイントってあるんだよね。空港とか新幹線の駅とかホテルとか。そこに付け待《つま》ちしてると、ある程度の売上げは確保できるんだけど……」

声に力がない。

「でも、アッコは流すほうが好きなんだよね」

マスターがフォローしてあげると、

「待ってるのって、あんまり好きじゃないんだ。動いているほうが、何か良いことに出合えそうな気がして」

アッコは肩を落として、うなずいた。

「玉川タクシーのエースだったのに、どうして、そんなに売上げあがんなくなっちゃったんすかね?」

嫌味でなく、琉平はマジな顔で訊いてきた。

「うーん……」

とため息をつき、アッコはフルートグラスに少し残っていたミモザを白いのどを見せて飲みほした。


アッコの勤める玉川タクシーでは、毎月、個人別の売上げ順位が営業所に張り出される。

アッコはかつてはトップクラスの成績を続け、同僚からは羨望《せんぼう》と嫉妬《しっと》のまなざしで見られていた。

ただ、この一年ほどは無線配車が激減し、走行距離も伸びず、成績は低迷。収入も減っていた。

社長はほとんど姿を見せず、実質的には北條由香《ほうじょうゆか》という部長が会社を取り仕切っている。

北條部長は玉川タクシー初の女性ドライバーで、現役時代は抜きん出た成績をあげたそうだが、アッコが入社する直前に病気で現役を退き、その後、管理部門にうつってすぐれた手腕《しゅわん》を発揮していた。

二代目の甘ちゃん社長を上手にあやつり、運行管理から配車、人事考課にいたるまで、いまでは完全に社内を掌握している。彼女が部長になってから、タクシーの稼働率《かどうりつ》は飛躍的にあがり、経営が一気に上向いたのだ。

中肉中背、年齢は五十代半ばだが、どう見ても三十代後半にしか見えない。笑ったときの八重歯《やえば》とえくぼがチャームポイントで、バツイチ、子どもなしの独身である。

本人も自身の小悪魔《こあくま》的な魅力をよくわきまえ、そのオーラをあたりに振りまくので、男性運転手からも人気が高い。

「営業所に帰ってきて、部長の顔を見ると、ほっとするよ」

という運転手がいるけれど、アッコもなんとなくその気持ちはわかる。どこか放《ほう》っておけない可愛《かわい》いところと肝っ玉かあさんみたいな懐《ふところ》の深さ——その両方を兼ね備えたひとなのだ。

ただ、一方で、「女の武器」を使って社長にうまく取り入ったと言うひともいた。

しかし、彼女のマネージメントによって、女性社員が増え、男女別の仮眠室やバス・ルームなどの施設も整い、社内の雰囲気がよくなったのも確かだった。

なかでもアッコは北條部長に、女性ドライバーの星として、目をかけられていた。

それは、なによりアッコの仕事ぶりがお客さんから好評だったことが大きい。

世田谷《せたがや》は交通の便が悪い。お年寄りの介護や通院にタクシーが重宝《ちょうほう》される。アッコはそうしたお客さんにやさしい心遣《こころづか》いをして、しばしば営業所に礼状が届いていたのだ。

部長は、若かりし頃の自分によく似たアッコを可愛がり、テレビや雑誌から「かがやく女性特集」の取材依頼がくると、必ずアッコに対応させた。

離島《りとう》からやってきた、明るい笑顔のがんばり屋さん――というおあつらえ向きのストーリーがつくれるので、アッコを紹介した北條部長は、編集者や記者の間でますます人気が上がった。

部長はちゃっかり自身のインタビューも要請し、アッコとふたり、ニコニコ顔で並び立つ写真を掲載させた。

おかげで、玉川タクシーは「女性活躍企業」として、一気に好感度が高まり、就職希望者も増えたのである。

そんなある日、男性週刊誌の写真撮影にのぞんだときのこと。

部長はいつものように、自慢の笑くぼをつくり、当然のようにアッコの横に立った。

すると、二十代のイケメン記者が撮影に入ろうとするカメラマンを手で制し、

「すんません。ええと……えと……」

と一瞬、言いにくそうな表情を見せ、

「あのぅ……若い男性読者にタクシー業界に興味をもってもらう記事なんで……ちょっと……今回は、青方《あおかた》さんおひとりで……」と言ったのだ。

その瞬間、部長の顔から、すっと笑いが消えた。

取材を受けていた応接室からすたすたと歩み出たかと思うと、

「お客さん、もうお帰りだそうよ」

金切《かなき》り声で叫んで、とっとと記者を帰してしまったのである。

そのとき以来、アッコは部長から冷たい態度をとられるようになったと思うのだ。

部長が気分屋で好き嫌いの激しいひとなのもわかっていた。人事考課が感情に左右されるのも知っていた。でも、自分の目の前で、あからさまに大人げない態度をとられたのはショックだった。

そんな気持ちが、態度や表情に出てしまったのだろうか？

でも、わたしに、八つ当たりされても……。

と思うのだが、配車の無線がアッコの車にほとんど入らなくなったのは、それからまもなくのことだった。

その後、食堂でカップラーメンを食べていると、男性運転手から「けっこう遊んでんだって」といやらしい目つきで言われたこともあった。

女子ロッカールームで久々に顔をあわせた元ヤンキーの後輩からは、

「青方さん。枕営業やってんじゃないかって運転手の間で噂《うわさ》がまわってますよ。なぁんか、やな感じですよね」

と言われたこともある。

感情の起伏が大きく、人の好き嫌いがはっきりしている北條部長のことだ、きっと彼女がデマを流したんだろう。

無線の管理をしているのも彼女だ。

アッコの車にわざと無線を回してこないのは、あきらかだった。

アッコは二杯目のミモザを飲みながら、

「どこの会社にでもあるイジメですよ」

力なく笑った。

「結局、スターは『わたし』だけ。部長は、彼女以上に目立つひとが目ざわりなんですよ。『〝女性活躍企業〟をつくったわたしって、なんてイケテル管理職なの！』って。いっつも、わたし、わたし……そういうナルシーなやつって、どこの世界にもいますよね」

と琉平がからだを斜めにして言う。

「そんなひとが待ってる営業所に帰るのは、ちょっとつらいね」

マスターがグラスを磨きながら、おだやかな声で語りかけた。

アッコは、ううん、と無理に笑いを浮かべて首を振り、

「朝、営業所に出て、翌朝の四時まで、ずーっとひとりだから大丈夫。そのあいだ、いろんなひとに会うから、気分転換できるしね」

自分自身に言い聞かせるようにつぶやく。

マスターは少し手を休め、やさしく微笑みながらうなずいた。

＊　＊　＊

そのとき、バー・リバーサイドの木製の扉がふたたび開いて、春の日にあたためられた空気とともに、うどん屋の井上孝良《いのうえたかよし》が姿をあらわした。

「あれ、井上さん。月曜日にいらっしゃるなんて、珍しいですね」

琉平がカウンターの奥から声をかける。

井上は玉川髙島屋《たまがわたかしまや》の裏で、創作手打ちうどんの店「よかばい」を営《いとな》んでいる。髙島屋にショッピングに来る客や近くで働くひとに人気の店である。

井上は毎日、午前零時に起きて、朝まで一人でうどんを打ち、少し仮眠をとって店を開

ける。睡眠は四時間足らず。休みは日曜のみなので、一週間の仕事を終えた土曜の夕方、きまってバー・リバーサイドに立ち寄り、その日だけは酒を飲む。

少し白いものが混じった短髪。ジーンズのももの辺りは若々しく、ぱんぱんに張っている。とても七十歳には見えない。目つきも鋭く、堅気《かたぎ》とは思えない風貌《ふうぼう》だ。

そんな井上が、めずらしく月曜日にやってきたので、琉平が驚いたのである。

「いやあ。昨日まで髙島屋でイベントがあって、うちも休んどらんかったもん。そげなことで、今日はとくべつに休みなんや」

博多弁まじりに言うと、井上はカウンターに向かって座るアッコに気づいた。

「あれぇ、今日はまた、可愛げな女の子のいるとね」

少年のように混じりけなしの笑顔になる。

アッコはさっと振り向き、

「ご無沙汰してます、こんばんは」明るく言う。もうさきほどまでの影はない。

「なんや。アッコちゃんやなかねぇ」

井上の声も晴れやかになった。

「しばらく五島に帰ってて、さっき戻ってきたんだ」

「九州は良《よ》かとこやろうがぁ。うまかもん、いっぱい食べてきよった?」

うん、とアッコが少女のようにこっくりした。

「そうだ」と琉平がぱちんと指を鳴らし、

「せっかくだから、アッコさんのおみやげ、いただきましょうよ」

カウンターの奥に入ると、琉平の好物、カラスミを取り出した。

薄皮《うすかわ》をはがして、日本酒をさっと振りかけ、フライパンで軽く炙《あぶ》り、2ミリほどにスライス。それを大根の薄切りにはさんで小皿に盛り、アッコと井上それぞれの目の前に、そうして、自分とマスターのあいだにもちゃっかり置いた。

「バーで食べるカラスミには、じつは、ぼく、おすすめのお酒があるんですよ」

琉平がちょっと謎《なぞ》めかして言うと、アッコが、

「その日本酒ですか？」

さっき琉平がカラスミに振りかけた春鹿《はるしか》の純米超辛口を指さした。

奈良の酒で、アッコのお気に入りである。

「もちろん辛口の日本酒は合うんですけど、こちらも、ぜひ、試してみてください」

そう言って、琉平は細長いチューリップのような形をした脚つきグラスをカウンターに置く。

そして、冷蔵庫からこんどは濃い褐色《かっしょく》のボトルを取りだした。

ラベルには「LA GITANA《ラ・ヒターナ》」という文字が印刷されている。

腰のところがキュッとくびれた、色っぽいシェイプだ。

静かにグラスに注ぐと、その液体は、麦わらのような、淡い黄金色をしている。

琉平が、アッコと井上の前にそれぞれグラスを滑らせた。

ふたりとも興味津々《きょうみしんしん》の顔つきでそのグラスを見つめる。

「さ、どうぞ召し上がってください」

琉平がちょっと胸を張って言った。

アッコがグラスの脚をもって、まず香りをきいて、ひとくち飲む。

「甘いのかなと思ったら、すっごくドライなのね。ちょっとリンゴっぽい香りもするし。

すっきりしてて、好きなタイプよ」

横のスツールに座った井上も、そうやなぁ、とうなずき、

「辛口の日本酒ば、もうちょっと辛《かろ》うしたごたぁなぁ」

そう言って、カラスミを薄切り大根と一緒にぱくりとやって、

「お、よかねえ。よう合《お》うとう」

大きな口を開いて、ニカッと笑った。

「想像以上に、素晴らしいマリアージュ（相性）ですね」

アッコもニコニコ顔になって言う。さっきまでの黒い雲はすっかり払われたようだ。

「このお酒はマンサニージャといって、いちばんドライなシェリーです。シェリーの酒蔵《さかぐら》のなかで、もっとも海に近いところで造られるんです」

得意そうにしゃべる琉平の顔を見つめながら、アッコが、

「だから、潮風の味わいがするんだ。ねっとりしたカラスミを、波がさーっと洗い流していくみたい。五島の青い海を思い出すよ」

と相づちを打つ。

「カラスミに合うワインはなかなかないけど、マンサニージャはいいね」

マスターも琉平の酒のチョイスに満足げな表情を浮かべた。

「塩気《しおけ》のある食べもんにゃ、潮風の酒が合うんやなあ」

そう言って、井上がカラスミのスライスをふたたび口に放り込んだ。

＊　＊　＊

「最近は女性のタクシー運転手、増えてきよったろう？　こんまえ髙島屋の乗り場におるの、みーんな女性で、びっくりしたなあ。車もワゴンやった。ありゃあ、乗り降りしやすいし。女性の車に乗ったら、なんか空気がやわらかい感じがするし、ほっとするっちゃ」

井上がマンサニージャのお代わりを口に運びながら、言った。

まだまだ男の世界ですよ、とアッコは首をふり、

「まえより少しはマシになったけど……。ただ単に、女性を大切にしてるフリが、上手になっただけなんじゃないのかな」

脳裏に北條部長の顔が浮かんだ。

「夜中もずっと走り続けてるんだから、体力も胆力《たんりょく》も両方ないとできない、たいへんな仕事だよね」

とマスターがフォローした。

「ばってん、最近はお客さんのモラルが低くて、大変なこつ多かやろ?」

と井上がアッコの方を向いて、訊く。

「セクハラしてくるお客もいるしね。支払いのときに後ろの席から手を伸ばして胸をさわってこようとしたから、合気道の関節技をきめてやったわ」

そう言って、アッコは、あはははは、とあかるく笑う。

「タクシーって個室だから、ヘンな気おこす人、いるんすね」と琉平。

「いまは防犯カメラがあるから、あんまり見なくなったけど……以前は、深夜に乗ってくるサラリーマンとOLのエロいカップル、よくいたよ。一見まじめそうな人にかぎって非

常識なの」

たしかに、と大きくうなずいた井上が、

「うちの店にも、ベビーカー何台も連《つら》ねて入ってこようとするニコタマ・マダム連中がおったとよ。『うちは狭いんで、ベビーカー畳《たた》んでくれんね』って言うたら、『こんなうどん屋、二度と来るもんですかっ。ブログで書いてやるから！』って出ていってしもうた。ものすごう腹かくっちゃね」

と息巻いた。

「やっぱ、いちばん怖いのは自転車。井上さんのお店の前、ほら、髙島屋の本館と南館のあいだの一方通行。あの二車線のど真ん中を堂々と逆走してくる自転車、多いですよね。しかも片手でスマホいじったりして。『ぶつけられるのなら、ぶつけてみろ』って感覚だもん」

アッコが顔をしかめて言う。

「夜、多摩川の土手を散歩してると、無灯火の自転車とぶつかりそうになったこと、何度もあるよぅ。みんなフツーの学生やサラリーマンさね」

と琉平が鼻の穴をふくらます。

「何がフツーか、ようわからん世の中やなあ」

井上が首を振って、腕組みする。

アッコがシェリーグラスの脚をもち、淡く黄金色にひかる液体を見つめて、

「運転手なのに、どうして道を知らないんだって怒りだすお客さんもいるし……かと思えば、わたしの知らない裏道を親切に教えてくれるお客さんもいる。事前にちゃんとルート確認して走っているのに、『ちょっと、あんた、なに回り道してんのよ』ってドスをきかせてくるおばさんもいるし。一日３００キロ走って、四十回はお客さんを乗せるから、そりゃあ、いろんなひとに巡りあいます」

マスターが合点《がてん》のいった顔をして、

「バーテンダーと似てるなあ。会うひとを選べないもんね」

ほんとにそうなの、とアッコがつづけた。

「わたし、あるとき、タクシー運転手って接客業なんだってわかったの。安全運転はマスト。目的地まで早く確実に着けるのも当たり前。でも、お客さんがしゃべりかけても無愛想だったり、トランク開けてお客さんの荷物を出し入れしなかったりは、完全に運転手失格だよ」

「客商売って、他力《たりき》なんだよ」

マスターが一つひとつの言葉を、かみしめるように言った。

「たりき？」

アッコが小首をかしげた。

「バーテンダーはお客さんによって成長させてもらってる。お客さんの飲みたいものを作って、喜んでいただく。お客さんに評価され、自分の腕を磨いていく。お客さんという他力あっての自力《じりき》なんだ。しかも、それぞれ飲みたいものが違うから、いろんな要求に応じなきゃなんない」

「お客さんによって行きたい場所が違うのと同じだよね」

とアッコが相づちを打つ。

「Aさんはマティーニ。Bさんはギムレット……行き先がばらばら。でも、ぼくらの仕事は、酔い心地という目的地にちゃんと気持ちよく到着させること。大事なのは、旅のあいだの心地よさじゃないかな」

そうかあ、と言って、アッコはうなずき、

「バーでお酒を飲むのもひとつの旅だもんね。だから、わたし、バーが好きなのかも……」

マスターがアッコのことばを引き取って、

「タクシーは空間の旅。バーは時間の旅なんだよ」

と言うと、琉平が目を輝かせ、

「今日一日のことや昔のことを思い出したりして、時間の川をさかのぼってますもんね」

うれしそうに身を乗りだしてきた。

「でも、どんなお客さんと接するかわかんないのは、ちょっと怖いよね」

とマスターが言うと、

「……その緊張感のなかで、自分は成長してきたのかなって思う」とアッコ。

「お客さんにおまかせしつつ、自らのベストを尽くす——それが大切なんだろうね」

マスターが考え深そうな顔で言う。

それを聞いて、琉平が、

「身を捨ててこそ、浮かぶ瀬もあれ——なんて言いますもんねえ」

うん、うん、とひとりうなずきながら、したり顔で口をはさんできた。

＊　　＊　　＊

それからしばらくたった四月はじめのある朝。

アッコは小田急線和泉多摩川《いずみたまがわ》の駅から二子玉川に向かって、川沿いの道を「空車」で走っていた。

川面《かわも》は春の光にまぶしくきらめき、みどりの土手に咲いたタンポポが気持ちよさそうに風に揺れている。

アッコはこの道を通るのが好きだ。

センターラインもない狭い道だが、対向車は少ないし、なにより川景色を眺めながら走れるのがいい。

街を流すのに疲れると、遠回りして、わざわざここを走ることもあった。

こんな自由がきくのはタクシー運転手ならではのささやかな幸せかなと思って、窓を開ける。

ユーミンの歌を口ずさみながらハンドルを握っていると、30メートル先の道の真ん中に、一羽の鳥がいるのに気づいた。

普通なら車が近づくと、バタバタッと飛び立つはずなのに、いっこうに羽ばたく気配がない。

おかしいな、と思いながら、ブレーキペダルを踏んでスピードをおとす。

鳩《はと》だ――。

車がすぐ近くまで来ているのに、まったく動かない。

ずっと先まで対向車は来ていないし、ミラー越しに後ろを見ても、さいわいなことに車は一台もいない。

アッコは車を道の端に寄せ、道路に降りて、前にまわった。

しゃがみこんで、鳩をのぞきこむ。

鳩は、じっとして、動かない。

ときおり羽毛を風にかすかに毛羽立《けばだ》たせながら、凛《りん》としたすがたで立っている。

ひとめ見て、この鳩は違う、と思った。

街なかにいる、ずんぐりむっくりした鳩とは違う。からだが流線形なのだ。

毛並みも特別だ。全体がグレイがかった栗色でつやつやしている。首のまわりの緑と紫色のグラデーションが芸術品のように美しい。畏敬《いけい》の念を抱かせるオーラを放っている。

鳩はつぶらな瞳を、ときどき力なく瞬《またた》かせた。

心なしか羽《はね》もだらんとしている。

アッコは、そうだ、と口の中でつぶやき、制服のズボンのポケットから、自分がおやつに食べるクラッカーを取り出し、それを細かく砕いて手のひらに載せた。

クックックッと鳩の声をまね、くちばしのところに持っていく。

鳩は、ぴくりとも動かない。

どうしよう……。

鳩がひょいと左足を上げた。

足首には小さな青い輪っかがついている。

地面についた右足にも緑の足輪がはまっていた。

レース鳩？

もっと鳩に近づいて足輪を見ると、何やら番号が書いてある。

鳩のアイデンティティー番号、なのかな？

鳩は、アッコが左足をもっても、じっとおとなしくしている。

足輪をよく見ると、「本間」という字と、025からはじまる十桁《けた》の数字がしるされている。

飼い主の名前と電話番号かもしれない……。

と、そのとき、クラクションの音がひびいた。

道端に停《と》めた車の後ろからトラックがきていた。狭い道なので、追い越しができないようだ。

アッコはおもわず鳩を胸に抱え、あわただしく車の中に入ると、「回送」ボタンを押して、タクシーをすばやく発進させた。

少しは暖かいほうがいいだろうと思って、助手席に制服の上着を敷き、その上に鳩を乗せたが、鳩は同じ姿勢のままかたまっている。

とりあえず警察に相談しよう、と近くの鎌田《かまた》駐在所に向かった。

出てきた警官は開口一番、「最近、多いんですよ、迷い鳩」という。

アッコが足輪のことを訊くと、

「この数字？　ああ、これ、所有者の電話番号ですね。もう一つは、鳩レース協会の番号ですよ。まずは持ち主さんに電話してみたら、いかがですかね？」

で、さっそく、本間《ほんま》さんという方に連絡をとると、やはり、レースの途中で行方不明になったそうだ。五島の奈留島《なるしま》から、新潟に向かうレースだったという。

奈留島は、アッコのふるさと、中通島《なかどおりじま》のすぐ近くの島だ。

この鳩も五島の青い海をあとにして、たった一羽で1000キロあまりを旅してきたんだ、と思うと、ちょっとせつなくなった。

群れから離れ、いったいどんな気持ちで、ひとり飛び続けてきたんだろう？

本間さんは鳩が見つかったことをとても喜んでくれ、新潟市内に住んでいるので、宅配便で送ってほしいと言った。

「た、宅配便？」

アッコの声がおもわず裏返った。

鳩がかすかに首をあげ、アッコを見つめて、目をぱちぱちさせた。

「運送会社が鳩の宅配サービスやってますんで、そちらにお願いしてもらえれば。もちろん着払いですよ。青方さんにはご迷惑おかけしません、いちばん手っとり早いやり方なんです」

そう言って、本間さんは電話番号を教えてくれた。

運送会社に連絡すると、自宅まで鳩専用の段ボール箱をもってきてくれると言う。

「すみません。いま、仕事中なんで自宅に帰るのは、明日の早朝になっちゃうんです」

と伝えると、担当者が、じゃあ営業所まで持ってきていただければ、とこたえたので、用賀《ようが》にある宅配センターまで行くことにした。

多摩堤通りから246を通って用賀に向かうあいだ、タクシーの助手席で、心地よい震動と春のあたたかい日射《ひざ》しに、鳩がこっくりこっくりしているのが目に入った。

そんないじらしいすがたを見ていると、アッコはむしょうに腹が立ってきた。

——まるでモノみたいに扱われてる……。

そして、鼻息あらく宅配センターに着いたときには、段ボール箱を買って、自分で新潟まで鳩を送り届けようと決心していた。

銀座から名古屋までお客さんを乗せたことだってある。新潟はほとんど名古屋と変わんない距離じゃないか。

「鳩」って名前のお客さんが乗ったことにして、わたしがタクシー料金を肩代わりすればいい。

段ボール箱にやさしく入れてあげると、鳩は小さくクックルーと鳴いて、あたたかいからだを寄せてきた。

アッコは箱の上部は開けたままにして、それを助手席にそっと置いた。

そして、メーターの「実車」ボタンを押すと、環八《かんぱち》に向かってアクセルを踏み込んだ。

＊　＊　＊

四月下旬のうららかな土曜の夕方。

バー・リバーサイドの横長の窓からは、川堤の散歩道をいろどる白やピンクのハナミズキの花が見えている。

「井上さん。このまえアッコさんからいただいた五島の芋焼酎いかがっすか？」

琉平がささやくように言うと、井上は相好《そうごう》をくずし、

「おう、それ、ロックにしてもらおうか」

アッコが背すじを伸ばして、右手を高々とあげた。今日は明《あ》け番《ばん》の日だ。

「新潟まで行くのに、どんくらいかかったと?」

井上が訊いてきた。

「四時間ちょっと」アッコがこたえる。

「値段は?」

「十二万円」

「ひえーっ! たまげたぁ。あんた、肝っ玉の太《ふと》かひとやねえ」

「だって、がんばって飛んできた鳩が、あまりに可哀想《かわいそう》じゃん」

鷹《たか》に襲われたか、携帯電話などの電磁波の影響で帰りみちを見失ったんだろう、と本間さんは言っていた。最近は、迷い鳩が増えているらしい。

その話を聞いたとき、

——ひょっとして、わたしもどこかで道を間違えたのかもしれない……。

とアッコは思った。

営業所に行きたくなくて遅刻も増え、一日の仕事を終えて納庫《のうこ》する時間もずるずると遅くなっている。東京の街を流していても、まえのような心の張りが感じられないのだ。

「じゃ、わたしも」

カウンターの向こうでマスターが、バカラのオールド・ファッションド・グラスを取り出した。

透きとおった大きな氷をひとつ入れ、五島の芋焼酎「越烏南枝《えつちょうなんし》」を注ぐ。

トクトク、トク――。

軽やかな音が、バーのほの暗い空間にひびく。

サツマイモのやわらかい香りが、カウンターのこちら側にもふんわり立ちのぼってきた。

マドラーでからからと、数回ステア。

マスターの見事な手さばきを、井上とアッコが見つめる。

バーの中の静寂が深まり、バッハのピアノ曲が流れているのがわかった。

清冽《せいれつ》なピアノの音が、なまあたたかい春の空気を凛とさせている。

マスターの手さばきも、目が覚めるようだ。

外連味《けれんみ》がない。自然体なのだ。

聞こえるか聞こえないかくらいの、かすかなステアの音も、ほんと心地いい。

どうして、プロの仕事は、見た目も音もカッコいいんだろう？

マスターは、ステアしてよく冷えた液体からマドラーを抜き去ると、アッコの前にそっとグラスを置いた。

そうか、迷いがないのだ……。

「ぼくも、ちょっとテイスティングさせてもらおうかな」

そう言って、マスターは自分用のグラスにも少し焼酎を注ぐ。

と、横にいる琉平がふくれっ面をしたので、すかさずグラスを持ってこさせた。

四人それぞれ香りをきく。

「芋のくさみが、ぜんぜんないっすね」琉平が驚く。

「香りがとってもまるい」

目を閉じたまま、マスターがつぶやくように言う。

井上はひとくち飲んで、

「春風のごたぁばい。こりゃあ、美味《うま》かね」

ニカッと笑い、満足そうに透きとおった液体を見つめた。

アッコはなんだか自分のことを褒《ほ》められたみたいに、晴れがましい気持ちになった。

照れかくしにオン・ザ・ロックを口に運ぶ。

甘くなつかしい香りが五感を刺激して、明るい日射しを受けて針のように光る五島の海が、まぶたの裏に浮かんできた。

鳩の入った段ボール箱をかかえ、本間さんの玄関に向かったときの情景がそこにダブった。

ずっとおとなしくしていた鳩は、迎えに出た本間さんを見ると、首を少しかたむけ、羽《はね》をひろげて、ククッと鳴いたのだ――。

「そうそう。琉平クン。かんころ餅《もち》、出して」

アッコが言う。

「かんころ餅……？」琉平が首をひねる。

「ほら、このまえのお土産《みやげ》のお餅」

「あ、そういえば、ありましたねえ」と一つ手をうち、

「冷蔵庫に入れたっけかな？」

と独《ひと》り言《ごと》をいいながら、琉平はキレのいい動きで、さっそくかんころ餅を取りだした。

が、どう扱っていいのか、わからない。

草色《くさいろ》がかった褐色の、羊羹《ようかん》のような、かまぼこのようなものをアッコに差しだした。

「これ、どうしましょ？」

「1センチほどの幅にカットして、網の上でちょこっと炙《あぶ》ってみて」

数分後、琉平がかんころ餅を小皿に盛って、井上とアッコの前に置く。

「こりゃ、何《なん》な？」

福岡生まれの井上でさえ知らない。

「ぜったいに芋焼酎に合うから」

アッコがにこっとして言うと、興味津々《きょうみしんしん》の顔になって井上がひときれ手にとり、口に運んだ。

マスターも琉平もじっと井上の様子をうかがっている。

井上は焼酎をぐびりと飲んで、ひとつうなずき、

「えろう、相性がよかね」

と言って、マスターも琉平クンも食べてみんね、とすすめる。

じゃ、ご相伴《しょうばん》にあずかります、と二人はかんころ餅をひょいとつまんだ。

ちょっと熱かったのか、ほ、ほ、ほ、と言いながら食べていたマスターの顔が思わずほころび、琉平も「でーじ、まーさんどぅ（とてもおいしい）」とついウチナーグチ（沖縄語）になった。

外はカリッ、中はもっちり。ねっとりとした食感だが、後をひかない。口の中には滋味

深い甘みがふんわり広がっていく。

やわらかい香りとあいまって、春の日射しのような、ほっこりした気分になる。

「これ、いったい、何からできるの？」

とマスターがアッコに訊く。

「サツマイモを薄く切って天日《てんぴ》で干したのを、五島では『かんころ』っていうんです。冬の保存食で、父や母はよく食べたそうです。その干し芋ともち米とお砂糖で作ったのが、かんころ餅。五島はお米があんまり採れないんで、サツマイモを混ぜたんです」

「お米だけで作るお餅より、ずっとおいしいよ」

とマスターが言う。

そのことばを受けて、琉平が、

「沖縄も芋が主食やったよぅ。貧乏でお米を食べられんときに、芋がみんなを助けてくれたさ。でも、芋はエラソーに『わたしがあんたを助けたんだよ』なんて言わん」

そう言って、かんころ餅をもうひとつ頬張る。

「お酒とおつまみの相性っておもしろいよね」

とアッコが口をはさむと、マスターが、

「葡萄《ぶどう》から生まれたコニャックにはレーズンが合うし、リンゴの蒸留酒・カルバドスにはアップル・コンポートが合う。同じ祖先をもつもの同士、相性がいいんだよ」

「かんころ餅とこの芋焼酎、同じ五島生まれですもんね」

アッコが納得した顔で言うと、

「うちら九州もん同士、気の合うんやね。ずっと先までたどると、どこかで繋《つな》がっとうかもしれんけんね」

井上がアッコの目を見つめて、芋焼酎のグラスを上げる。

「ま、すんごい遠くで、だと思うけど……」

アッコが片方の眉を上げてつぶやき、マスターと琉平は思わずぷっと噴き出した。

＊　　＊　　＊

たそがれの空を映《うつ》し、群青色《ぐんじょういろ》に染まる多摩川を見やって、

「わたし、そろそろ帰ろうかな」

アッコがぼそっとつぶやいた。

「えっ？　今日は、えらい早かね。さっき来たばっかりやなかと？」

井上があわてて言う。

アッコが顔のまえで手を振り、

「ううん、そうじゃないの。五島に、帰ろうかなって……」

マスターがふっと顔をあげ、グラスを洗っていた琉平の動きが、はたと止まった。

「母の退院で島に帰って、くねくね曲がる海辺の道を走ってたときなんだけど。『ここで病院に通ったり、介護施設に通うのは、ほんとたいへん』ってあらためて思ったんだ」

「公共の交通ってバスしかないんだものね」

マスターが相づちをうつ。

「しかも便数はすくないし。お年寄りやからだの不自由なひとは、なすすべがないの。そのことをひしひしと感じたんだよね」とアッコ。

「で、五島に帰って――?」琉平が訊く。

アッコはひとつうなずいて、

「個人タクシーやりたいなって……」

井上が、ほう、と思わず膝《ひざ》をうち、

「そりゃあ、よかね。人助けになるばい」

と言ったので、アッコはちょっと恥ずかしそうに微笑《ほほえ》んだ。

井上がつづける。

「あんたも十年あまり会社で働いて、『組織の中で働くのも、もうよかや』て思うたんやろ?」

それもあるけど……とアッコはちょっと口ごもりながら、

「東京って街に疲れちゃった。こっちの暮らしも十分堪能したしね。このまえ久しぶりに五島の青い海を見て、いままで張っていた肩の力が抜けたというか、なんかすごくホッとしたの。サラリーマン運転手をやってると、帰りたくない営業所にも帰らなくちゃなんない。わたしが帰るのはここじゃないって、いつも思ってたんだ。

それにね、運転手十年つとめると、個人タクシーの申請ができるの。だったら、五島で介護や通院タクシーはじめようかなって」

「沖縄にもそういう個人タクシーあるさぁ。これからますます大切になるよぅ」

琉平がほんらいの素直な声になって、アッコを励ました。

「でも、よく決心したね」

マスターが感心したように言う。

「迷っていた鳩に教えてもらったの。あの鳩に会ってなければ、自分のほんとうに帰る所ってどこなのか、真剣に考えなかったと思う」

とアッコがこたえると、マスターが焼酎の黒くスマートなボトルを持ちあげ、あらためてラベルを見つめて言った。

「この『越鳥南枝《えつちょうなんし》』って五島の焼酎は、まさにアッコのためのお酒だね」

アッコも琉平も、そして井上もそれぞれ首をかしげた。

「……なんかヘンな名前やけど、マスター、どげん意味のあると？」井上が訊く。

「『越鳥南枝』というのは、『越鳥は南枝に巣くう』という中国の古い言葉に由来してるんです。『越鳥』は中国の南にある越《えつ》というくにから渡ってきた鳥のこと。『南枝』は南に向かって伸びる木の枝のこと。

『南のくにから渡ってきた鳥は、南に向かって伸びる木に巣を作る』という意味なんです」

マスターが落ちついた声音《こわね》でこたえた。

「アッコさんは、自分の生まれた南のくにに戻ろうとしているわけさぁね」

カウンターの奥で、琉平が感慨深げに腕をくんで言う。

そうか、と井上も感じいった様子で、窓から見えるハナミズキの花を眺めながら、

「バーは、渡り鳥のごたあ人間が、ちょっと羽《はね》ば休める止まり木やね」

とつぶやいた。

「井上さん、うまいこと言いますねえ」

奥から身を乗り出すようにして、琉平がからかい半分に言うと、

「この、ばかちんがっ」

井上が顔を赤くして、

「ほれ、グラスにソーダば足してくれんね。カボスば搾りんしゃい」

とグラスを琉平に向かって、差しだした。

了解です、と琉平は明るくこたえ、アッコの方にも視線を流し、目顔《めがお》で次の飲みものを訊く。

「この焼酎で、何かカクテルできます?」

アッコが琉平に挑むように言う。

一瞬、間《ま》をおき、琉平は、

「かしこまりました」

とカウンターの上に凛と立っている「越鳥南枝」の黒いボトルに手を伸ばした。

そうして8オンス・タンブラーを取り出す。

そこに透明な氷を数個からんと入れる。

芋焼酎「越鳥南枝」を60ミリリットル、きっちりメジャーカップで量《はか》って注ぎ、生オレンジジュースで満たし、バースプーンで氷を持ちあげるようにして数回ステア。

アッコは、琉平の手もとを見つめながら、五島の里山《さとやま》に咲いていた一面の菜の花を思い浮かべた。きっとあの鳩は、村をいろどる黄色い花を眺めながら、自分の居場所へと飛び立っていったのだ。

きんと冷えたグラスには、きめ細かい水滴がびっしりとついている。

琉平が、できあがったカクテルを、やさしくアッコの目の前に置いた。

「……ぼくからのはなむけです」

アッコはうれしそうにうなずくと、ひとくちすするように飲む。

そうして、満面の笑みを浮かべ、

「琉平クンがいままでつくってくれたお酒のなかで、いちばんおいしいよ。これ、何て名前のカクテルなの？」

「はい。五島焼酎ドライバー。またの名は、サザン・バードです」

# みどりの雨

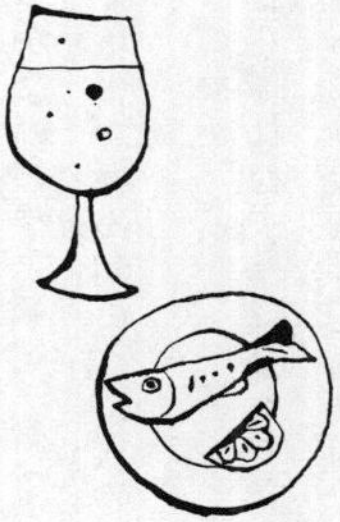

**Bar Riverside**

六月一日。

夜、九時をまわったころ。

バー・リバーサイドのぶ厚い木製扉が、おずおずとたたかれた。

マスターも琉平も、そのくぐもった音にまったく気づかない。

オカマの春《はる》ちゃんとの会話が途切れたとき、ようやく琉平が扉の向こうに人の気配を察し、カウンターの中から出て、扉を開けた。

すると、外階段の真っ暗な踊り場に、長身の男がひとり濡《ぬ》れねずみになって立っていた。

夕方から再び降りだした雨は勢いを増し、たたきつけるような雨脚《あまあし》が街を白く煙らせていた。

「すみません。ノックの音に気づかなくて……」

琉平が深々と頭をさげる。

モスグリーンのレインパーカーを着た男は、滴《しずく》の落ちるフードを右手で持ちあげると、

「……お久しぶり」

包みこむようなソフトな声で言い、無精髭《ぶしょうひげ》だらけの顔に気弱そうな笑みを浮かべた。ストレスからか酒のせいか、顔がちょっとむくんでいる。年のころは五十代前半。一重まぶたの細い目が人なつっこい。

琉平は見上げるようにして、

「なあんだ。ヨンスさんじゃないっすか。扉、開けてくれたらいいのに……」

男は何も言わずに、はにかんだ笑みを浮かべた。

ノックをせずに入ってくる客が普通だが、ヨンスはいつも控えめにノックをし、琉平やマスターの声を聞いてから扉を開けるのだ。

「さ、さ、どうぞ、どうぞ」

重い扉をおさえて琉平が言う。

「床がびしょびしょになってしまうね……申しわけない」

大きなからだを屈《かが》めるようにして入ってくると、レインパーカーとパンツから雨の滴がぽたぽた落ちた。

振りむいた春ちゃんと、カウンターの中にいるマスターが、やあ、と明るく言うと、

「すんません。すっかりごぶさたして……」

腰を低くして、あいさつする。

おだやかな風貌《ふうぼう》とやわらかな物腰が、梅雨寒《つゆざむ》のバーの空気をふっとあたためた。

「撮影の帰りなんですか？」

カウンターの中から琉平が訊《き》く。

ヨンスは黙ったまま、少年のようにコクンとうなずく。

「雨んなか、たいへんでしたね。お腹《なか》へってんじゃないっすか？」と琉平。

「う、うん……ちょっと減ってるかも。この時間にうちに帰って、メシ食いたいって言うと、かみさんが嫌がるんよ……」

申しわけなさそうにこたえる。

じゃあ、と琉平が胸を張り、自ら手書きした「今日のおすすめメニュー」をヨンスに手渡し、

「今日は、ヨンスさんの好物、ありますよ」白い歯を見せた。

ヨンスの姓はイ。漢字で書くと、李永秀。

ドキュメンタリー映画の監督である。

漁師のルポルタージュや海の汚染問題などの映画をつくってきたが、ときには先輩監督の演出も手伝うし、食べ歩きやネイチャー系などのテレビ番組を構成することもある。

ここ数年は、多摩川の鮎《あゆ》をテーマに撮影を続けていた。

ヨンスはかすかに眉根《まゆね》をよせ、上から下まですばやくメニューをチェックし、

「じゃ、モツ煮込み、ください」

さきほどまでと打って変わったように、よく通る声できっぱりと言った。

一つおいて右隣にすわる春ちゃんが、

「さっすが、カントクね。やっぱ、決めるときは早いのねえ。しかもモツを選ぶなんて、センスいいわぁ」

と言いながら、横から大きなモーションでヨンスの肩をぱちんとたたき、

「あんたのちょっと悩んでる横顔って、ほんと、色っぽいっ」

ヨンスに向かって、ウインクした。

「飲みもの、どうしましょう?」

マスターがヨンスの目をまっすぐ見つめて、訊いてきた。

「何かモツに合うやつ、お願いできますか」

ヨンスがすかさずオーダーする。

「かしこまりました」

マスターが折り目正しくこたえた。

イ・ヨンスは、広島市内の出身である。

まちの真ん中を流れる太田川《おおたがわ》の岸辺で生まれ育った。

母がホルモン焼き、祖父が廃品回収をして生計をたてていた。父はヨンスが二歳のときに、原爆症で亡くなったのだという。

川の景色が好きで、二子玉川近くの宇奈根《うなね》で妻とひとり息子と三人で暮らしている。

仕事がひと段落したときや煮詰まったとき、ヨンスはときどきバー・リバーサイドを訪れる。

最初に店をたずねた日に、たまたまマスターが大学の先輩だとわかり、たちまちマスターや琉平と親しくなった。

相手の気持ちを第一にして、押しつけがましくないヨンスは、ほかの客ともつかず離れずの良い関係をつくっている。

大学卒業後、大阪で情報誌の編集者として働いていたが、ある取材でドキュメンタリー映画の出雲進《いずもすすむ》監督のインタビューをし、ヨンスの人生は大きく変わった。ひとと自然との関わ《かか》りを追いかける出雲進の生き方に感銘をうけ、出雲監督のスタッフへと転身したのである。

ヨンスは、小さい頃からひとの話を聞くのが好きだった。

素直な性格だったので、周りから可愛《かわい》がられ、近所のバラックの部屋に上げてもらっては、それぞれの波乱に満ちた人生を聞かせてもらった。

なかでも、身内である祖父の話がいちばん面白かった。

夕方、廃品回収を終えて帰ってきた祖父は、川のせせらぎと豚の鳴き声の聞こえる小部屋で、密造マッコルリを飲みながら、あるときは歯のない口をあけて笑い、またあるときは目尻《めじり》にたまった涙をぬぐいながら、自らの半生を語ってくれた。

おさないヨンスは、図書室から借りてきた冒険物語を読むように、胸をときめかせながら祖父の話を聞いたのだった。

祖父は済州島《チェジュド》の漁師だったが、ひと儲《もう》けしようと戦前の日本にやってきて、大阪港の沖《おき》仲仕《なかし》として働いていたそうだ。

マッコルリでとろんとした目になった祖父は、

「いろいろ苦しいこたぁあったが、大阪にも広島にも済州島とおんなじ海があるのが、わしの救いじゃったのぅ」

といつも言っていた。

済州島の海で釣り上げた、ジュラルミンのように輝くタチウオ。

そのからだに青空が映って、胸のすくようなブルーに輝いていたこと。

大阪の街で初めて電車に乗って、驚いたこと。

荒くれ者の手配師から、ひどい嫌がらせといじめを受けたこと。

油が浮いて茶色く汚れた港の海を眺めながら、紺碧《こんぺき》の大海原《おおうなばら》で魚影《ぎょえい》を追った昔をなつかしんだこと――。

祖父はあやしい呂律《ろれつ》になりながら、朝鮮語まじりの日本語で楽しそうにしゃべってくれた。

そんな祖父の話を聞いた翌《あく》る日、ヨンスはきまって太田川の堤を下流に歩いて、瀬戸内の海を見にいくのだった。

河口近くの江波《えば》には牡蠣《かき》漁師がたくさん住んでいた。

むかれた牡蠣殻《がら》が無造作に積み上げられ、それが日に照らされて、ぷんと海の香りがする。

そんな海のにおいをかぐのが何とも言えず心地よかったのだ。

いつかハラボジ（祖父）みたいな漁師になりたいと、母に言うと、

「われは勉強ができるけぇ、大学に行きんさい。漁師になんかならんと教授になりゃあええ。その方が決まったお金も入ってくるけぇ、安心じゃ」

こんこんと諭《さと》された。

聡明なヨンスはしばらく考えて、たしかに母の言うとおりだ、と思った。

わしはひとの話を聞くのが好きじゃし、本を読むのも好きじゃけぇ、民話や昔話の学者になれんかのう……。

そう思って、京都の大学の文学部に入ったのだ。

＊　＊　＊

深紅《しんく》のワインがたっぷり入った、デュラレックスのグラスが、ヨンスの目の前に置かれた。

「モツ煮込みには、こちらを。ちょっとからだが冷えてらっしゃるみたいですし」

マスターが微笑《ほほえ》みながら言う。

間《ま》をおかず、琉平がモツ煮込みの深皿をサーブした。

ワインの香りがふんわり漂ってくる。

「もしかして赤ワインで煮込んだ……？」

ヨンスが訊《き》くと、琉平がにっこりとうなずき、

「温かいうちに、どうぞ」

ヨンスはナイフとフォークを上手に使ってモツを切り分けた。

とろんと半透明になった牛スジをフォークで持ちあげると、ぷるんぷるんしている。

口もとに運ぶ。

ひとくち頰張《ほおば》る。

思わず目を閉じる。

舌から、からだぜんたいに味わいを浸《し》みとおらせるように、感覚を澄ませ、ゆっくりとかみしめる。

やがて、青じろかった顔がぽっと赤らみ、見る見るうちにくしゃくしゃの笑顔になった。

「……」言葉がでてこない。

ヨンスは、かたわらのガーリック・トーストに煮込みを乗せて、口に入れる。

二口、三口、四口……ずっと黙ったまま、飢えた獣のように咀嚼《そしゃく》をくりかえした。

それとなく様子を見ていたマスターと琉平も、しだいに顔がほころんでいく。

「ほんとにおいしいときって、言葉がなくなっちゃうのよねぇ」

カウンターの横並びにすわる春ちゃんが、ヨンスに向かって母親みたいな声音《こわね》でいう。

ヨンスは黙《もく》したまま髭《ひげ》づらを何度もうなずかせ、フォークを置いた。

そして、やっと人心地《ひとごこち》のついた表情を見せ、口を開く。

「おふくろがホルモン焼き屋やってたんで、毎日、店の残りもんのモツ食べてたんです。まだ日の高い夕方、近所のおじさんたちが焼酎《しょうちゅう》飲みながら、いいにおいのするモツを食べる姿が、美味《うま》そうでうまそうで。はやく大人になってお酒が飲めんかなあ、と思いよったんです」

そう言って、右手をつと伸ばす。

ざっくりしたグラスを鷲《わし》づかみにすると、まるで葡萄《ぶどう》ジュースを飲むように、のどを鳴らして赤ワインを飲んだ。

あっという間にグラスを干し、手の甲で口をぬぐい、

「どっしり腰があって、濃厚。モツにぴったりですね」

マスターがにっこりとして、

「南フランスのコート・デュ・ローヌ。ローヌ川沿いで生まれるワインです。あたたかい土地のワインは濃い味わいになるようです」

「たしかコートって、丘のことでしたよね？　川沿いの丘に葡萄畑があるんですか？」

とヨンスが確認すると、マスターがうなずき、

「バッカス（酒の神さま）は丘を愛す、といいますから」

「マスター、どうしたんすかぁ？　いっきなり、詩人になっちゃいましたねぇ」

琉平がにやりとして、すかさず茶々を入れた。

ヨンスのお腹がすこし落ちついたころ、

「今年の鮎は、どうですか？」

マスターがたずねた。

ヨンスはちょっと渋い顔になって、

「いやあ。去年の三分の一も上がってないです」

「えっ？　また川の水、汚くなっちゃったんすか？」

と琉平が眉をくもらせて訊く。

いやいや、とヨンスは目の前で手を振って、

「いまの多摩川はきれいなんだ」

「いぜんは死の川って言われてましたからね。汚いってイメージがどうしても残ってるんですよ」

マスターが言うと、春ちゃんがフォローした。

「むかしは川に近づくと臭かったもん。堰《せき》んとこには、いーっぱい泡が浮かんでてね。で、その泡がさぁ、風に吹かれてふわふわ飛んでくのよ。鮎なんてさかのぼれる川じゃなかっ

たわ」

「小学生の低学年のころは、ぼくら、まだ多摩川で泳いでたよね」

とマスターが続けた。

「そうそう。駅近くの兵庫島《ひょうごじま》には、川水浴場《せんすい》があったわよ」

マスターと春ちゃんは同い年。中学一年で同じクラスになって以来の親友である。

この界隈《かいわい》きってのクール・ビューティーの春ちゃんは、かつて空手部の主将をつとめ、番長と渡り合うくらい喧嘩《けんか》が強かった。

「川水浴場なんて初めて聞く言葉っすね。そんなのがあったなんて、いまの姿からはちょっと考えられないっすよ」

琉平が驚いて言い、ところで、とヨンスの方に顔をむけ、

「どうして鮎に興味もったんすか？」

うーん、と腕組みしたヨンスはちょっと仰向《あおむ》いて考え、

「爺《じい》さんに連れられて、広島の太田川の上流で鮎を釣ったことがあってね……きれいな水と風が、また海と違って気持ちよかったなあ」

そうか、それが原体験っすね、と琉平が納得してふたたび訊いてきた。

「鮎の上《のぼ》ってくる数って、そんなに増えたり減ったりするんすか？」

「多摩川に1000万匹以上のぼってきた年もあったけど、去年は160万匹。水がきれいになっても、こんなに数が違うんだよ」

とヨンスがこたえた。

「1000万匹って、ほとんど東京の人口じゃん」

と琉平が目をぱちくりさせながら、でも、どうしてそんなに増減するんだろ、とつぶやいた。

ぼくも専門家から聞いた話だけど、とヨンスが続ける。

「台風や集中豪雨がたびたびあったよね？　増水すると、川底の苔《こけ》も流される。鮎は苔を食べてるから、あれがないと生きられないんだ。逆に、五月に雨が少ないと、鮎は川を上りにくいらしい」

「川の水が多すぎても少なすぎても、ダメなのね」

春ちゃんが知的なまなざしで言うと、

「何事にもバランスってのが、大事なんですなあ」

琉平がオヤジみたいな口調でうなずく。

「でも、雨が続くと水が濁るから、水中撮影がたいへんなんです」

ちょっと肩を落として、ヨンスが三杯目の赤ワインを飲みほした。

＊　＊　＊

やっとからだも温まり、血色のよくなったヨンスが、

「こんな雨の日、次に飲むのは、何がいいんでしょう？」

とマスターに相談する。

「ある酒飲みの作家が――さみだれが霧のように降る日には、目の前に大きなガラス窓がある店で、巷《ちまた》の景色を眺めながらシャルトリューズを飲む――と言ってました。いかがですか、シャルトリューズ？」

とマスターがこたえ、

「ちょうどうちの窓から、雨に煙る多摩川と対岸の街が見えますよ」

琉平が言いそえる。

「じゃあ、それ、飲んでみようかな」

とヨンスが言う。

かしこまりました、とマスターはさっそく冷蔵庫から、肩のあたりがやさしい透明ボトルを取りだした。

冷やされたボトルの霜がはれるにつれ、液体の色がはっきりしてくる。

初夏の光を透かした若葉のような、明るいみどり色だ。そんな美しい色の酒をヨンスはいままで見たことがなかった。

華奢《きゃしゃ》で長い脚のリキュールグラスに、少しとろっとなった液体が注がれた。

カウンターの上から射《さ》しこむピンライトを浴びて、みどりのリキュールは山あいの清流のようにきらめいている。

ヨンスは、ひとくち飲んで、お、とため息をもらし、

「渓流で鮎を撮ってるときに、この香りをかいだことがある」

とつぶやいた。

「きっと、森の香りですね」マスターが相づちを打つ。

「そういえば、鮎のからだも、うっすらとみどり色がかってるわよね」

と春ちゃん。

「そうそう。沖縄や奄美《あまみ》のリュウキュウアユも、深い森の川で育ってるよぅ。きっと鮎のからだには森のみどりが映っているさぁね」

沖縄生まれの琉平が納得する。

「なんか心の落ちつくお酒だね」とヨンス。

「フランスのアルプス近くの村で生まれるリキュールなんです。三百年ほど前から修道院

でつくられているお酒で、レシピは門外不出。いまも三人の修道僧しか知らないそうです。からだに良いハーブがたくさん入っていて、むかしは薬として飲まれていたんです」

「それでですか……」

ヨンスは得心《とくしん》がいった顔になり、おもむろにグラスを口に運んだ。

ペパーミントやスペアミントを練り込んだ琉平手製の生チョコをひとつ口に入れ、シャルトリューズとのマリアージュを楽しんだヨンスは、グラスをカウンターに置くと、

「兵庫島近くの河川敷に、葭簀《よしず》をめぐらした茶屋というか居酒屋がありますよね？」

とマスターに話しかけた。

「たしか……年配のご夫婦がされているお店でしたね」

とマスターがこたえると、ヨンスはうなずき、

「提灯《ちょうちん》のぶら下がった掘っ立て小屋で、水光亭《すいこうてい》って、料亭みたいな名前です」

「この季節から十一月くらいまで、河原に建ってますよね」

「寒くなったかなと思うころ、気がつくと消えてるんです」とヨンス。

「で、そのお店がどうかしたんですか？」

と琉平がグラスをやわらかい布で磨きながら、訊いてきた。

「ときどき撮影帰りに寄るんだけど、おでんが安うて美味《うま》い。生ビールも注《つ》ぎ方が上手なんか、泡がふんわりしてて、なかなかの味なんよ」

「でも、うちの方がぜったい、おいしいっすよ。ねえ、マスター」

琉平がむっとして言葉をかえすと、マスターが苦笑いを浮かべた。

「そ、そりゃそうだけど……」

一瞬、ヨンスは目を泳がせ、咳《せき》ばらいをひとつして続けた。

「今日、水光亭の出る場所に行ってみたんだけど、まだ、建ってなかったんだ」

「ふーん。そんなに水光亭のオープン、待ち遠しいんすか？」

琉平がひややかな声で言う。

「鮎の季節になると、あそこを思い出すんよね」

ヨンスはシャルトリューズのグラスを持ちあげ、天井からのピンライトに透かして液体を見つめる。

と、みどりの光がさして、ヨンスの顔を鮎のような薄緑色《うすみどりいろ》に染めあげた。

＊　＊　＊

ヨンスがはじめて水光亭を訪ねたのは、ちょうど一年前の梅雨のころだった。

トタン屋根とベニヤ板でできたバラックのような茶屋のことは、以前から気になっていたが、タイミングが合わずなかなか立ち寄れなかったのだ。

その茶屋を見ていると、ハラボジ（祖父）やオンマ（母）と過ごした日々が、豚のにおいやホルモン焼きの煙とともに胸によみがえってきた。

外には薄汚れたガーデンチェアとテーブルが、色あせたビーチパラソルの下に置かれていた。

建てつけの悪い引き戸をあけると、ぐつぐつ煮込まれたおでんのにおいがした。

そういえば、小学校時代に通いつめた市民プールの横に、おでんの屋台があった。泳いだ後は必ずコンニャクと竹輪《ちくわ》を食べた。からしをいっぱい付けたおでんは、冷えたからだをポッと温めてくれた。

茶屋のなかには、使い込んだデコラ張りのテーブルが三つと折りたたみ椅子《いす》。探鳥会の帰りだろうか、双眼鏡をテーブルに置いた初老の男女が二組、熱燗《あつかん》を差しつ差されつ、焼き鳥を頬張っている。

レジ横の椅子に座った白髪の爺さんは降りつづく雨を見つめながら、手持ちぶさたに煙《た》草《ば》《こ》をふかしている。きっと店の主人なんだろう。

連れ合いと思われる婆《ばあ》さんは花柄《はながら》エプロンをかけ、上品なたたずまいで、やさしく声をかけてきた。

ヨンスはサッポロの生をオーダーし、苦く爽快《そうかい》なビールを味わいながら、五月雨《さみだれ》の川景色をぼんやり眺めていた。

トタン屋根をうつ雨の音が心地いい。つい、うとうとしかける。

しばらくすると、さきほどまで姿を見せなかった少女が、厨房《ちゅうぼう》の暖簾《のれん》をくぐって、おでんの皿を運んできた。

ヨンスは、その横顔を見て、おもわず瞳《ひとみ》を見開いた。

美緒《みお》……。

高校時代につきあっていた同級生の村上《むらかみ》美緒と、そっくりだったのだ。

清楚《せいそ》なたたずまいも三十五年前と変わっていない。栗色《くりいろ》がかったポニーテールも、まるで生き写しだ。

ほんま、よう似とる……。

多摩川のキツネにつままれたような気分だった。むかしはこの辺りにもキツネがたくさんいて、ひとをさんざん化《ば》かしたのだと聞いていた。

少女はおでんの皿をそっと置き、ヨンスと目が合うと清潔な笑みを浮かべ、まるで川の中の鮎のようにひらりと消えていった。

美緒との出会いは、高校二年の夏だった。

夕方、サッカー部の練習を終えたヨンスが水飲み場に行くと、陸上部の美緒が水道の蛇口《じゃぐち》を上向け、なめらかな白いのどを見せて、おいしそうに水を飲んでいたのだ。日に焼けた横顔には玉のような汗が光り、頰には後《おく》れ毛がはりついている。レーシング・ショーツからすらりと伸びた脚は、筋肉がほどよくついて締まっている。水に濡れたくちびるが妙になまめかしかった。

ヨンスはおもわず胸の鼓動が高鳴るのをおぼえた。

息がつまって、口をぱくぱくさせた。

ポニーテールの尻尾《しっぽ》をゆらしランニング練習をする彼女の姿を、遠目にうっとりと眺めることはあったが、こんな近くで見るのは、はじめてだった。

と、ヨンスの気配をさとった美緒が、とつぜん蛇口を手でふさぐようにして、ほとばしる水をかけてきた。

「な、なに、するんじゃっ」

ヨンスはすかさず隣の蛇口にとりつくと、同じように美緒に向かって水をかけはじめ、ふたりともすっかりずぶ濡れになって笑いころげた。

それが、美緒とのはじまりだった。

多摩川の堰をのぼる鮎を撮影していると、あの夏のたそがれどきを、ふっと思い出すことがあった。

階段状になった魚道《ぎょどう》を、速い流れにさからって、たくさんの鮎がジャンプを繰り返していく。小さな尾を小刻みにふるわせ、水しぶきを上げてからだをひるがえす。

銀色にかがやきながら上流に向かう鮎の姿は、グラウンドを颯爽と駆けていく美緒によく似ていた。

＊　　＊　　＊

「で、美緒ちゃんとはどうなっちゃったのよ？」

春ちゃんがカンパリ・オレンジをひとくち飲んで、ダイレクトに訊いてきた。

「京都の大学に一緒に行こうって言ってたんだけど……親御《おやご》さんに猛反対されて。結局、地元の短大に進んだんです」

「それっきりなんすか？」

と琉平がナプキンをたたむ手を休めて言う。

「むかしは携帯もメールもなかったから、電話も自宅にかけなきゃなんないし、手紙も徐々に間遠《まどお》になって……」

「物理的距離は心理的距離って言いますもんねえ。仕方ないっすよ」

琉平がわかったような顔でうなずく。

「造り酒屋のひとり娘だったんで、どこの馬の骨かわからん奴《やつ》とこれ以上つきおうたらいかんと、親に厳しく言われたんだ」

そう言うと、マスターのほうを向いて、シャルトリューズのお代わりを頼んだ。

「『シャルトリューズを二杯以上飲むバカはいない』って例《れい》の酒飲み作家が書いてますよ」

琉平が言わずもがなのことを言う。

横に立つマスターの顔いろがさっと変わり、額に青筋《あおすじ》がたった。

春ちゃんはカンパリ・オレンジのグラスをそっと置くと、

「ヨンスの初恋だったわけね。なんだか、甘酸《あまず》っぱいザ・青春って感じよねえ」

うっとりと目を閉じて、歌うように言う。

シャルトリューズでくちびるを湿らせたヨンスが、

「短大を出てから、美緒は婿養子《むこようし》をとるため、すぐ見合い結婚させられたんだけど、産後の肥立《ひだ》ちが悪くて、亡くなってしまったんだ」

つぶやくように言うと、バー・リバーサイドの中は水をうったように静まりかえった。

＊　＊　＊

美緒そっくりの若い女の子を見て以来、ヨンスは何度か水光亭に寄ってみた。

しかし、彼女とは会えずじまいで、ゆでた落花生《らっかせい》をつまみ、ビールを飲んだ。

そうして、自宅までの川堤の道を、一時間かけてとぼとぼ歩いて帰るのだった。

家に早く帰りたくなかったのである。

結婚して二十年たち、いろんなところで、妻との齟齬《そご》が目立っていた。

サラリーマン時代の同僚だった妻は、はなやかな東京暮らしが気に入っている。

いまでは自分のことを、いっぱしの東京人と思っているようだ。

こちらに住みはじめてから、大阪弁を話すのが恥ずかしいと思ったのか、ＮＨＫのアナウンサーみたいな標準語をしゃべるようになってしまった。

ほんとは東大阪の下町育ちなのに、ご出身はどちらですかと訊かれると、阪急神戸線の御影《みかげ》です、とおちょぼ口でこたえたりもする。

「セレブの街」ともてはやされるニコタマに住んでいるのは、なにより彼女の自慢だった。

――二子玉川いうても、はずれもはずれの宇奈根じゃろうが……。

とヨンスは思うのだが、妻はトレンド発信地にいると錯覚しているようだった。

反骨精神たっぷりのヨンスはいまも広島弁を使いつづけている。

妻はテレビで吉本新喜劇をみながら笑いころげているくせに、上《うわ》っすべりに東京にかぶれている。それが気に入らない。

こころの根はどこにあるんじゃ、と思うのだ。

妻は去年からインスタグラムにはまり、ニコタマはもちろん、自由が丘や代官山《だいかんやま》のスイーツの店に行き、セルフィーを撮っては嬉々《きき》として毎日ネットにアップしている。

ひとり息子は大学生になったとたん、自宅にほとんど帰らず、友だちの家を泊まり歩くようになった。学芸会のような地下アイドルにすっかりはまっているのだ。

とはいえ、息子のいない家で、妻とふたりだけで食事をとるのもつらかった。

エアコンひとつとってみても、自分が寒いと感じるのに妻は暑いという。互いに更年期《こうねんき》に入って、自律神経がおかしくなっているのだ。

そのことは頭でわかっていても、感情をうまくコントロールできないでいた。

ほんの些細《ささい》な食い違いが積みかさなって、この一年、妻とふたりきりになると呼吸が苦しくなるのだった。

何度目かの水光亭で、ヨンスはやっと美緒そっくりのあの娘《こ》に会えた。

オーダーした焼きフランクと味噌《みそ》おでんを持ってきたときに、勇《ゆう》を鼓《こ》して声をかけた。

――これもインタビューの一部なんじゃ。

自分にそう言い聞かせると、高鳴る鼓動が静まり、なんとか舌もまわった。

見た目はおとなしそうだが、話してみると、意外とはきはきした口調でこたえる。

きりっと賢そうな目だ。きっと勝ち気な性格じゃろう。

話をするうち、彼女の名前がミオだとわかり、鳥肌がたった。

美緒と同じじゃ……。

釣り好きの祖父が、水に生きると書いて水生《みお》と名づけたのだそうだ。

いつもは大学で魚を研究しているけれど、高齢の祖父母から請《こ》われたときは、水光亭に手伝いに来ているのだという。

「どんなテーマで研究してるの？」

ヨンスが訊くと、

「川と海を往《い》き来《き》する魚がテーマです。とくに鮎が好きなんです」

よくぞ訊いてくれましたとばかり、うれしそうにこたえた。

「もともとこの辺りにゃあ、鮎茶屋がえっとあったそうじゃね」

ヨンスがたずねると、

「えっと……？」小首をかしげた。

「鮎茶屋がたくさんあったそうだね」標準語で言いなおした。

水生《みお》はにっこりして、

「松林に囲まれた料亭が何軒もあって、屋形船のなかでも鮎料理をお出ししたそうです。水光亭という名前はその料亭からいただいたと祖父母から聞きました」

いまどきの子なのに、ちゃんとした言葉づかいだ。いっそう好感をもった。

それにしても、美緒に似ている……。

まっすぐ視線をあわせて話を聞き、でも、ふとした拍子に、恥ずかしげに目を伏せる仕草。上品で丁寧な物ごし、首のかしげ方、白くて華奢《きやしや》な指、うなじの小さなほくろ……三十五年前の美緒がそこにたたずんでいるようだった。

水生が鮎を研究していると聞いて、取材をしながらずっと疑問に思っていたことを訊いてみた。

「いちどいなくなった鮎が、どうして多摩川にもどってきたんだろう？」

「いなくなったんじゃないんです。川を上《のぼ》る姿が見られなくなっただけなんですよ」

「つまり……数が少なくなったけど、生きていたってこと？」

水生はこっくりとうなずき、

「……鮎は自分の生まれた川に帰ってくるわけじゃないんです」

「えっ？　どういうことなん？」おもわず広島弁にもどった。

「サケは生まれた川に帰ってきますが、鮎は自分が生まれていない川にも上ってくるんです」

「だからなんだ……多摩川の鮎がふえたのは」

「利根川《とねがわ》で生まれた鮎が江戸川を通って東京湾におりてきて、羽田《はねだ》から多摩川を上ってきたらしいです」

利根川は途中で分流して、江戸川につながっているそうだ。

「ということは、多摩川で生まれていない鮎がたくさん多摩川をのぼってくるんだね」

水生《みお》は、おっしゃる通りです、とお盆を両手に抱えたまま、うれしそうに微笑んだ。

その年の秋も半ばをすぎて、ヨンスはひどくあせっていた。

鮎の産卵シーンがなかなか撮れないのだ。

卵を産みそうなところに片っ端から潜ってみたのだが、鮎は一匹も姿を見せてくれなかった。

「でも、最近、鮎のにおいがしますよ」

ひとり鬱々《うつうつ》と燗酒を飲んでいると、水生が目を閉じて、鼻をくんくんいわせた。

におい？　そんなの、わかるのか？

ヨンスはおもわず笑ってしまったが、水生は、

「明日の夕方、日の沈むまえ、新二子橋《しんふたごばし》の下にある中州《なかす》に行かれたらいかがですか？　その瀬にきっと来るはずです」

相変わらずの丁寧な口調だが、きっぱりと言いきったのである。

数撃《かずう》ちゃ、あたる。だまされたと思って行ってみるかと、言われたとおりに翌日の日没まえ、まだ空が明るい時分に中州に向かった。

水光亭からもほど近い246の橋の上には、たくさんの車が往き来している。

こんなとこに来るんじゃろか……？

鮎の産卵しそうな場所に水中カメラをもって、そっと潜ってみた。

「!!」

自分の目を疑った。

数えきれないほどの鮎だ！

いままでまったく姿を見せなかった鮎が、いま、つい目と鼻の先で押し合いへしあいして泳いでいる。まるでラッシュアワーの通勤電車のようだ。

川の流れにさからって、何千何百という鮎が尾びれと胸びれをぴらぴらさせている。

しかも、ほとんどの鮎が黒い。

からだを婚姻色《こんいんしょく》に変えたオス、錆《さ》び鮎だ。

水中でうごめく鮎たちからは、生きもののエロチックなにおいと情念が、強烈に伝わってくる。

しばらく見ていると、オスの群れの中に、銀色をしたメスが一匹すっとあらわれた。

そうして十匹以上のオスが、そのメスをすばやく囲むと、自分たちの気に入った場所へと誘っていく。

と、オスたちは目にも留《と》まらぬ速さでメスにからだを押しつけ、痙攣《けいれん》させるように全身をふるわせたのだった。


「知らなかったわぁ」

春ちゃんが目をぱちくりさせ、

「あんな街の真ん中で、鮎が産卵してたのねえ」

と細い吐息をついた。

「子どもを産んだあと、鮎は海に行くんすか?」

琉平がヨンスに訊く。

「メスもオスも海までたどり着かずに死んでしまう。目を見開き、口をあけたまま、流されていく……」

「え？ そんなにあっけなく……」

琉平は言葉を失った。

「鮎は年魚《ねんぎょ》というからね」

マスターが落ちついたバリトンで言う。

「……年魚？」琉平が首をひねる。

「一年しか生きられん魚なんじゃ」

ヨンスがぼそっとつぶやいた。

＊　＊　＊

それから三週間たった六月下旬、日曜日の夕暮れどき。

絹のようにやわらかい雨が、バー・リバーサイドの横長《よこなが》の大きな窓をしっとりと濡らしている。

外階段に靴音がひびき、重い木製扉に静かなノックの音がした。

「はーい。開《あ》いてますよ」

カウンターの中から、琉平があかるい声でこたえる。

ぶ厚い扉が開くと、やはり、ヨンスだった。

「これ、おみやげ。とれたての鮎」

クーラーボックスを右手で持ちあげ、うれしそうにマスターと琉平に見せた。

「あ、ありがとうございます……」琉平の腰が少しひけた。

「漁師さんに小ぶりのものを選んでもらったんだ」

愛《いと》おしむようにクーラーボックスを撫《な》でながら、にこにこしてヨンスが言う。

「……多摩川の鮎って、マジ、食べられるんすか?」

おびえたような顔になって、琉平が訊く。

しゃべろうとした口を開けたまま、ヨンスはちょっとむっとした。

マスターがすかさず割って入り、

「大丈夫。おいしいよ。ぼくは、ここんとこ毎年、食べてる」

うれしそうにクーラーボックスを受け取ると、ヨンスの方に笑みをむけ、

「これ、ワインに合わせましょう」

いそいそとカウンターの奥に向かった。

ちょうどそのとき扉があいて、

「ウーッス」

男らしい野太い声で挨拶しながら、春ちゃんが入ってきた。

ヨンスが目顔《めがお》で会釈《えしやく》する。

春ちゃんは、しまったという顔をして、ぽっと頬を染め、

「あらぁ。ヨンスちゃん、また会っちゃったわぁ。今日は早いのねぇ」

いきなり若やいだ女の声になって、しなをつくった。

「春さん。さっすが」

琉平がニカッと笑って、言う。

「さっすがって、何が『さすが』なのよぅ？」

「食べものに対する嗅覚《きゆうかく》、すごいっすね。いま、ヨンスさんが持ってきてくれた鮎を料理しようとしてるとこなんです」

「いいわねえ。じゃあ、食前酒《アペリテイフ》もらおうかしら」

スツールに腰をおろしながら、ちょっと考え、

「ソルティドッグの塩抜き、お願いしまーす」

「じゃ、ぼくも」ヨンスものってくる。

「グレイハウンドですね」

琉平がきりっとしたバーテンダーの顔になって、うなずいた。

10オンス・タンブラーに、氷を数個ころんと入れる。

冷凍庫からキンキンに冷えたアブソルート・ウオツカを取り出すと、ボトルの周りに白い煙がたった。

メジャーカップで1ジガー（45ＣＣ）を量《はか》って注ぐ。

グレープフルーツの生ジュースでグラスを満たし、軽くステア。

できあがった淡く上品なシトラス・イエローの液体を、琉平は春ちゃんとヨンスの前にすっと滑らせた。

グラスにはきめ細かい霧がびっしりとついている。

みずみずしく甘い香りが、カウンター周りをしとやかに包んだ。

ひとくち飲んだヨンスが、

「ほろ苦さが、鮎のわたに似てる」と言い、

「じゃあ、塩つきのソルティドッグなら、鮎の塩焼きになるわね」

春ちゃんが声をはずませた。

カウンターの奥ではマスターが、10センチほどの若鮎にうっすらと天ぷら粉をまぶしている。

油の中に鮎を滑りこませ、さっと揚げて、ヨンスと春ちゃんにサーブした。

そして、琉平とマスター自身の前にも皿を置く。

やっぱり、あれかな、とマスターは独り言をいって、冷蔵庫から涼しげな色のボトルを取りだした。

つめたく冷えた白ワインだ。

手早く開栓すると、武骨《ぶこつ》で厚みのあるグラスに無雑作に注いだ。

「じゃあ、今年の鮎に乾杯！」

マスターが音頭《おんど》をとって、それぞれがグラスに口をつける。

ひとくち飲んだ春ちゃんが、

「なんか微妙にプチプチ発泡してるぅ。爽《さわ》やかでいいわぁ」

「葡萄《ぶどう》をそのまま口にふくんだみたいじゃ」

ヨンスもそのフルーティな飲みやすさに驚いた。

「はじめて飲むワインだわ。どこのワイン？　うちの店にも置こうかしら」

新宿二丁目でオカマ・バーをやっている春ちゃんは、ワインクーラーからボトルを抜いてしげしげと見つめた。ヨンスも春ちゃんに顔を近づけてラベルをのぞきこむ。

「ポルトガル……って書いてあるわよ」

と春ちゃん。

「ヴィニョ・ヴェルデというワインです。完熟前の葡萄からつくられる、フレッシュな若飲みワインです」

琉平はちょっと鼻を高くして、知識をひけらかした。

「ヴィニョ・ヴェルデ?」ヨンスが首をかしげる。

「みどりのワインといって、ポルトガル北部の緑したたる土地から生まれるんですよ」

マスターがおだやかな声で言う。

ヨンスは鮎のフリッターをひとくち頰張り、ヴィニョ・ヴェルデを合わすと、一瞬、目を丸くした。

「……鮎の淡い苦みとぴったりだね」

満面の笑みを浮かべる。

マスターがおっとりと口を開いた。

「青空も濡れるくらい、ポルトガルは雨の多いところなんです。魚もよく食べます。ですから、さみだれの若鮎に合うんじゃないかと思って」

琉平が鮎を頬張り、

「これは、まーさん（おいしい）」

と思わずウチナーグチでつぶやく。

そしてヨンスを見つめ、

「鮎は自分の好きな川に上ってくるんでしたっけ?」と訊いた。

ヨンスは、そうだね、とうなずき、

「利根川生まれの鮎も多摩川を上る。そうすると、多摩川の鮎になるんだ」

「それって、あんたみたいじゃん」

春ちゃんがすかさず言うと、ヨンスは一瞬けげんな顔をした。

春ちゃんは続ける。

「あんたに一度言っときたかったんだけどさ」

「……?」ヨンスは首をかしげる。

「あんた、れっきとした東京人よ」

「いや。わしゃあ、広島の人間じゃ」ヨンスが異をとなえた。

「なにカッコつけちゃってんのさ。東京人のどこが嫌《や》なのさ?」

「わしゃ、たましいは広島じゃけえ、広島人じゃ」

「なに言ってんのよ。あんたが東京のこと好きだろうが嫌いだろうが、こんだけ長く東京にいたら、とっくに東京人になってんのよ。自分で広島人と思っていても、そんなのお構いなし。あんたはコリア系広島系東京人よ」

琉平が納得顔になって、

「そうっすよね。わんも沖縄系東京人やっさ。台湾系も韓国系もアメリカ系もベトナム系もいろんな東京人がいるわけさぁ」

春ちゃんが続けた。

「まえに、あんた、奥さんが上すべりな東京人になったってブー垂れてたけど、あんただって、じつは東京に染まってんのよ。それ、わかってないでしょ？　水光亭の水生ちゃんにちゃんと標準語でしゃべってたじゃん」

「……」

ヨンスはことばに詰まり、グラスをカウンターに置いた。

「染まるのが悪いなんて言ってんじゃないのよ。東京に長くいるくせに、肩肘《かたひじ》はって、広島じゃけえなんて言ってんのが鼻につくんだよ。じつは、あんた自身、それ、いちばんよくわかってると思うけどね。都合のいいときだけ広島人になるの、いい加減やめなよ」

春ちゃんはヴィニョ・ヴェルデをまるで炭酸水のようにゴクゴク飲んだ。

「ほんとは人とダイレクトに関わるのが怖いから、あんた、鮎に逃げてんじゃないの？

『自然がたいせつ』とかいうと、なんかカッコイイしさ」

ますます舌鋒《ぜっぽう》が鋭くなる春ちゃんに、ヨンスは返すことばがない。

ふたりのやりとりを聞いていた琉平は、平静さをよそおい、

「多摩川の鮎って、それぞれの生まれ故郷があるんですよね？」

あらためて確認した。

「う、うん……」

とヨンスは力なくうなずく。

春ちゃんがすかさず口を開いた。

「でも、いったんこの川に上ってくると多摩川の鮎になる。そこ、たいせつなとこでしょ？　あんた、奥さんのこと、上すべりの東京人っていうけど、かのじょ吉本新喜劇みて笑ってるじゃん。ちゃんとたましいは関西にあるんだよ。あんたと奥さんにじつは同類なのよ。それがどうしてわかんない？」

春ちゃんの目が鋭さを増し、声は本来のよく響く男の低音になった。

「……………」

「夫婦のコミュニケーションから逃げて、仕事にかまけてるから、奥さん、さみしいんだよ。だからインスタなんかにはまっちゃうの。しかも、ヨンス、あんたは青春の甘酸っぱい思い出にすがっちゃってさ。あんたと奥さんは一緒に多摩川を上ってきた鮎なんだ。それ、忘れちゃダメだよ」

「………」

ヨンスは石のようになって、目をしばたたかせた。

そんなヨンスを見やって、マスターはやさしい笑みを浮かべ、

「鮎も人もそれぞれ故郷があるけど、同じ多摩川を泳ぎ、同じ東京の空気を吸ってともに生きている。それをご縁っていうんじゃないのかな。『一河《いちが》の流れも他生《たしょう》の縁』といいますから」

春ちゃんがマスターの言葉をひきとって、

「縁って不思議なもんよ。縁のない人とは、あるところまでしか近づけないのよ。無理に近づいたって碌《ろく》なことにならないわ。それよか、縁のある人をたいせつにしたほうがいい」

ヨンスは電光に撃たれたようにハッとして、うなだれた。

マスターと春ちゃん、琉平はヴィニョ・ヴェルデを飲みながら、大きな窓を雨の滴《しずく》が川

のように流れていくのを見るともなく見つめていた。

＊　＊　＊

「そういえば、ことし、水光亭はどうなっちゃったの？　まだ開いてないの？」

春ちゃんがワイングラスをカウンターに置いて、ヨンスにたずねた。

うつむき加減だったヨンスは顔をあげ、

「今日もまだ開いてなかったです」

眉をよせ、寂しそうな顔をしてこたえる。

そういえば、とマスターがカウンターの下から古いアルバムを引っ張り出してきた。

「うちの爺さんが大事にしまっておいた写真なんだけど……」

ページをぱらぱらめくって、

「ここに、料亭だったころの水光亭の写真が載ってるんですよ」

そう言って、セピア色になった二枚の写真をしめした。

一枚は水光亭の正門近くを写したものだ。

瀟洒《しょうしゃ》な構えの門の横には木の看板がかかっていて、「鮎料理御好」と「鑛泉温浴」という文字が見える。

木漏れ日をあびた着物姿のふたりの婦人が、松林のまえに立っている。

光の斑《ふ》が落ちて、いかにも涼しげだ。

都心から少し離れた、緑ゆたかな行楽地だったそのころの様子がつたわってくる。

もう一枚には、葦《よし》ぶき屋根に提灯をさげた屋形船がうつっていた。

船のなかには、常連客と芸子さんが並んでいる。

客は、マスターの祖父をふくめて四人。

男たちのあいだには二子玉川のきれいどころが四人、はなやかな笑みを浮かべて座っている。まわりには水のひかりが揺れている。

「当時は、夜になると鵜飼《うかい》もやって、外国人にも人気だったそうです」

マスターの言葉を聞きながら、ヨンスと春ちゃん、琉平の三人は額《ひたい》をよせて写真に見入る。

と、しばらくするうちに、ヨンスの顔がみるみる青ざめていった。

「……この芸子さん、水生《みお》とそっくりだ。横にいる男はぼくと瓜《うり》ふたつだ……」

マスターの祖父は写真の下に、それぞれの名前を記してあった。

ヨンスそっくりの男には「朝鮮貴族・李永哲」。

水生そっくりの女には、「芸妓・澪《みお》」と楷書《かいしょ》でしたためてある。

名前の下には、ひとまわり小さな文字で、

〈李永哲大兄と澪は恋仲なりけるも、大兄、本国に帰りぬ。のち、澪、入水《じゅすい》せり……〉

と走り書きしてあった。

春ちゃんも琉平も写真と文字を確認して、一瞬、かたまった。

「どうしてヨンスさんと水光亭の水生ちゃんが、ここに……？」

琉平が多摩川のキツネにつままれたような顔で、ぼそっとつぶやく。

「水生ちゃんは広島の美緒さん、芸子の澪さんの生まれ変わりなのよ」

春ちゃんが、切れ長の澄んだ目で、凜《りん》としてこたえた。

マスターは春ちゃんの話をさらにすすめ、

「もう、水生ちゃんは水光亭にあらわれないでしょう」

ヨンスをまっすぐ見つめて、さらっと言う。

「なんで、そんなこと、わかるんすか？」

琉平が釈然としない顔で訊いた。

「鮎は年魚《ねんぎょ》。短いいのちなの」

春ちゃんがやさしく微笑んで、つづけた。

「水生も美緒も澪も、みんな鮎の精なのよ。ヨンス、あんたは人間。縁のうすいところに、無理やり縁を結ぼうとすると、いろんなところに歪《ひず》みがくるわ」

「………」

ヨンスは肩をおとし、黙って唇をかんだ。

「『虹を見たければ、雨を好きになれ』ということばが、ポルトガルにあるそうです」

とマスターが言い、ヨンスと自分のグラスにヴィニョ・ヴェルデをたっぷり注ぎ、

「夫婦のあいだにも、ときには雨が必要です」

ニコッとした。

「あめ……?」

ヨンスが首をかしげる。

マスターは深くうなずき、

「お互い、ちゃんと向きあうことです。いちど奥さんとのあいだに雨を降らしてみてはどうでしょう。かく言うぼくは、雨におびえて、こうしてまた独り身になってしまいました。そうならないためにも、雨は降るがままにしてみてください」

春ちゃんがみどりのワインをひとくち飲み、

「そうよ。やまない雨はないわ。それに……」

ちょっと間をおき、

「あんたがほんとに上《のぼ》るべき川に、ちゃんと上らなくっちゃね」

そう言って、横にいるヨンスの肩をやさしく抱いた。

窓のそとの五月雨《さみだれ》は、まだ、やみそうにない。

# アフター・ミッドナイト

Bar Riverside

真夜中にカラスの声がする。

バー・リバーサイドの周りで、カアカアと鳴きかわしているのだ。

こんな時間に、どうしてカラスが……？

カウンターの中でマスターの川原草太は、おもわず琉平と顔を見合わせた。

琉平はグラスを拭《ふ》く手を休め、ちょっとおびえた顔になっている。

土手の樹々《きぎ》も、おりからの風にざわざわと葉むらを騒がせている。

八月の末。金曜の新月の夜。

客がめずらしく早々に帰ってしまい、さっきまで立て込んでいた空間には、すこし寂しいようなひんやりした空気が流れていた。

と、ふたたび、カラスの声が店の外でひときわ大きく響きわたった。

ふつうなら日暮れとともにねぐらに帰って、ぐっすり眠っているころなのに……。

いったいどうしたんだろう？

マスターは小首をかしげた。

川沿いを散歩していると、カラスがカアと鳴いて目の前をすっとよぎっていくことがある。こちらがカアと鳴き真似《まね》してこたえると、旋回して戻り、遊歩道をぴょんぴょん飛びはねながらついてきたこともある。

思えば、子どもの頃からカラスが好きだ。

小学生時代、勉強はできたが、デブで運動がからっきしダメだった。自転車に乗れず、カナヅチで水泳もできなかった。

弱みにつけこむクラスメートからは、たびたびいじめられた。

仲間はずれにされ、夕映《ゆうば》えのなかを一人とぼとぼ家に向かっていると、カラスが何羽も鳴きながらついてきたことがあった。

そんなことが続いて、カラスに親しみをもつようになったのだ。

色が黒くて不気味だとか、声が大きくてうるさいとか、ささいな理由でひとから忌《い》み嫌われるカラスは、自分とどこか似てると思った。

カラスは頭がよくて、いたずら好きだし、ひとを小馬鹿にしてるような気位《きぐらい》の高いところがある。

すこし青みがかった黒のよそおいもカッコイイ。

――はみだし者のぼくは、カラスみたいなもんだ。

そう思うと、自分にもどこかに居場所があるように思えて、ちょっとホッとした。

以来、カラスのことは他人と思えぬようになった。

だから店を開くときも、カラスに敬意を表して、黒いシルクのシャツを着ることにした。

そして、折り目のぴんと入った黒いスラックス。

黒でばっちりキメてやろうと思ったのだ。


午前零時を過ぎた頃。

バー・リバーサイドの木製扉がきしんだ音をたてて開かれた。

秋めいた夜風とともにあらわれたのは、黒い帽子をかぶり、黒い半袖シャツ、黒パンツに黒いウイングチップ。全身、黒ずくめの爺《じい》さんだ。

晩夏なのに、シャツのボタンを喉《のど》もとまできっちり留めている。

すらりとした長身で背筋がしゃんと伸びている。

しかし、全体がとてもやわらかい。まるで柳の老木のようだ。

小首をかしげ、真っ黒な瞳《ひとみ》を一瞬、大きく見ひらいた。

マスターのことを、似たようなやつと思ったのかもしれない。

右手には何か小さな直方体の黒いケースをさげ、扉の前にすっくと立つ。

手品師のように帽子をとり、折り目正しく頭を下げると、品のいい銀白《ぎんぱく》の髪がさらっと揺れた。

少し八の字になった眉毛《まゆげ》もおなじくシルバー・グレイだ。

「あ」

カウンターの奥から琉平が顔をのぞかせ、磨きかけていたグラスをおもわず取り落とした。

マスターが爺さんと琉平の双方を見くらべて、けげんな顔をする。

「り、林哲《りんてつ》オジイ……」

と琉平は口を開いたまま呆然《ぼうぜん》としている。

「朝早くヤンバル（沖縄本島北部）たって、昼過ぎに着いたよ。東京も近くなったさねぇ」

オジイは、天上を吹きぬける大風《おおかぜ》のような飄々《ひょうひょう》とした口調《くちょう》で言った。

「な、なんで、わかったわけ？」

琉平が訊《き》いた。

オジイはそれにはこたえず、はにかんだ笑みをふっと浮かべた。

＊　　＊　　＊

オジイの名は、嘉手川《かでかわ》林哲。

琉平の母方の祖父で、当年とって九十五歳。老いてなお、かくしゃくとしている。

川のほとりの小さな村に生まれた林哲オジイは、沖縄で知らぬ者のない唄者《うたしゃ》だ。

三線《さんしん》を弾きながら枯れさびた声で歌い、そのうたはオキナワン・ブルーズとも呼ばれる。

最近は沖縄のロックの若者とも共演したり、キューバやハワイ、アイルランド、台湾原住民などワールド・ミュージックのアーティストともコラボをし、グラミー賞の候補にノミネートされたこともある。いまや沖縄民謡というジャンルをはるかに超えた幅広い活動をしている。

もともとつまらない自己顕示欲《じこけんじよく》がなく、営業などしたこともない。

恬淡《てんたん》とした性格と心にしみる歌声が人気で、沖縄ではパチンコ屋のCMや映画にも出演している。街をあるくと、「あ、林哲さんねえ。元気してる?」と老若男女《ろうにゃくなんにょ》から声をかけられるスーパースターなのである。

しかし、周りからの熱い賞賛などどこ吹く風。林哲オジイはいつもマイペースで、いまもお呼びがかかれば、世界中どこへでもおもむき、肩ひじ張らず風のように歌うのである。

「遠路《えんろ》はるばるありがとうございます。いつも琉平クンにお世話になっています」

マスターは威儀《いぎ》を正して林哲オジイに向かって一礼し、

「最初の一杯、いかがいたしましょう？」

「……」

目を瞬《またた》かせたが、黙《もく》したまま何も言わない。

「この時間ですから……もう飲んでらっしゃるんですよね？」

かさねて訊くと、オジイは曖昧《あいまい》に笑った。

琉平がフーッと大きなため息《いき》をつき、

「どうせ、ずーっと飲み続けてんじゃないの？」

やれやれという顔でいうと、オジイはいきなり右手の人さし指を立て、

「ピンポーンッ！　飲んだらノー・ブレーキさね」

顔をほころばせる。

「で、出た、オジイのノー・ブレーキ……」

琉平が眉をひそめる。

と、カラスがふたたび大きな声で鳴きかわした。

琉平はからだをぶるっと震わせ、女の子のように両手で自分の肩を抱く。

その様子を横目で見ながら、オジイは知らん顔で、

「オールド・クロウ、もらえるかい？　もちろんストレートさね」

言いつつ、胸ポケットから煙草《たばこ》を取りだし、百円ライターで火をつけた。

皺《しわ》の刻まれた顔にライターの光があたると、陰翳《いんえい》がいっそう深まって、まるでアメリカ・インディアンの老酋長《ろうしゅうちょう》のように見える。

林哲オジイは長い指先で煙草をはさむと、目を閉じて肺の奥まで美味《うま》そうに吸い、鼻からゆっくりと紫煙《しえん》を吐きだした。

まるで老酋長が神の草を吸っているようだ。

「じつは、煙草は、やめたんだよ」

微笑《ほほえ》みながら、オジイは唐突に言った。

「？」

「？」

マスターも琉平も一瞬、自分の耳を疑った。

「いま、吸ってるじゃないですか？」

マスターが訊《き》きかえす。

「なんでかねえ」

何食わぬ顔で煙草をふかしている。

マスターはむっとして、

「でも……ほら、こうして……」

ちょっと口をとがらせる。

「だからよう」

「だから、何なんですか？」

「自分で買うのは、やめたわけさぁ」

「……」

「……」

マスターも琉平も口をあんぐり開けたまま、フリーズした。

「何かやめんと、経済がもたんさねぇ」

とぼけた顔で、林哲オジイはつぶやいた。

＊　＊　＊

J・J・ケールのふわっと力の抜けたブルーズが流れるなか、琉平がオジイにオールド・クロウのストレートと好物のヴァニラ・アイスをサーブした。

すぐさまオジイはグラスを取りあげ、ウイスキーをカポッとのどに放《ほう》り込むようにして飲む。そして、あごに垂れた滴《しずく》を手の甲でぬぐうと、顔をしわくちゃにした。

「この味、でーじ《とても》たまらんさね。ますますブレーキ効かんようになる。なによりラベルがいい」

ボトルを手にとって、しげしげ見つめる。

ラベルにはカラスの絵が描いてある。

「アラスカのワタリガラスじゃない。日本のハシボソガラスに似てるさね」

オジイがつぶやく。

「カラスにお詳しいんですね」

とマスターが驚いた。

「旅すると、行った先々でいっつもカラスがヒョコヒョコついてくるさぁ」

なんでかねー、とオジイが首をかしげる。

マスターは、自分と似たひともいるもんだ、と大きくうなずいた。

「あいっ。もう一杯」

そう言ってお代わりを琉平からもらうと、こんどはショットグラスをいきなり傾け、ウイスキーの半分をヴァニラ・アイスにかけた。

マスターは林哲オジイの慣れた手つきに、

「その飲《や》り方、おいしそうですねえ」

感服した表情で、カウンターから身を乗り出すようにして声をかけた。

オジイは、見てたのかという顔でにんまり笑い、

「メンフィスでよぅ、あっちのブルーズマンに、これ教わってねぇ。バーボンのかわりに泡盛《あわもり》かけてもおいしいさぁ」

少年のような表情になって、オールド・クロウのかかったアイスをスプーンですくって口に入れた。

琉平がアイスピックで氷を割りながら、

「なんで東京に来たの？　ぼくに会いたくなったわけ？」

カウンター越しに訊くと、林哲オジイはむっとした顔になって、

「旅に理由なんかないよ。風の向くまま、気の向くまままさぁね」

いっつもこれだよ、と琉平は肩をすくめ、隣に立つマスターに、

「オジイは生まれついての旅ガラスなんすよ。思いたったら、どこでもふらっと行っちゃう。ちょっと見かけないと思ってたら、『いまブラジルにいるよー。こっちは移民したウチナーンチュがいっぱいおってね、豆腐がおいしいさぁ』ってのんきに電話かかってきた

って、オバア、ブーたれてたもん」

聞いているのかいないのか、バーボンかけアイスを食べ終えたオジイは、ストレートグラスに残しておいたオールド・クロウを、唇をとがらせて美味《うま》そうにちびちび飲《や》っている。まるでカラスが長いくちばしで細い器に入った液体を飲んでるようだ。

マスターはそんなオジイを見つめ、

「林哲さん。カラスと最初に出会ったのって、いつなんですか？」

あらためて訊いた。

オジイはひと呼吸おくと、ハシボソガラスのようにちょっと枯れた声でしゃべりはじめた。

＊　＊　＊

「子どもの頃、源河川《げんかがわ》のそばで育ったさ。

川のほとりに田んぼがあってね。握り飯《めし》につられて、親と一緒に野良仕事にいったんだ。ちょうど昼飯どき、近くにお家《うち》のあるカラスの夫婦が目ざとく弁当みつけてよ。バッサバッサ羽音《はおと》たてて狙《ねら》いにきたさ。くちばしと脚の指で器用に風呂敷包みをほどいて食べようとするわけさね。

あわてて、『こらーっ！』って叫んだよ。すると小馬鹿にしたように『カラーッ！』って口真似するんだ。『こら、こらーっ』って言うと、こんどは『カラ、カラーッ』ってこたえる。何度も繰りかえすうち、なんだか楽しくなってきたさ。

それからカラスは毎日やってきた。互いに相性が良かったんだろうね。野良仕事おわってお家《うち》に帰るみちみち、二羽が樹《き》の枝を飛びうつりながら、ぼくの後をずーっとついてくるようになったわけさ。

そのうち、だんだんカラスの言葉がわかるようになってきてね。川のほとりで三線《さんしん》弾いてると、カラスがひらりと舞い降り、ぼくの横にちょこんと座ってよ。ときどきカアって合いの手入れながら、からだを伸ばしてくる。芋の残りを掌《て》に載せると、目ぇパチパチやって、こっち見ながら食べたりしたさ」

「ほんと、カラスって賢いですよね」

マスターがうれしそうに相づちを打った。

そうさ、と言って、オジイは無邪気な笑みを浮かべ、

「カラスが鳴くと不吉だと言うひともおる。けど、ぼくはあのとぼけた声が好きさぁ。やつら、耳が良《い》いから、遠くから鳴き真似しても、かならずこたえてくる。小首かしげて、ちょっと黙って、『誰かねぇ？』なんて考えてる姿も可愛《かわい》いさ。

ところで、小腹《こばら》が減ったさぁね。琉平、イカ墨汁《すみじる》か何か、あるかい？」

「うーん……ここ、ウチナー（沖縄）じゃないからねぇ……」

琉平が目を泳がせ、腕組みしてこたえると、

「イカ墨の瓶詰めがあるよ。パスタにすればいいじゃないか」

マスターがアドバイスしてくれる。

そうかその手があったか、と琉平はさっそく調理にとりかかった。

寸胴鍋《ずんどうなべ》に湯をわかしながら、

「でもさあ、よく、ここ、わかったね」

と訊くと、オジイは、ふふっと笑い、

「カラスが教えてくれたさ」

いたずらっ子のような顔になってこたえる。

琉平は眉を上げて、おどろいた。

「ま、ちょっと土地勘があってね……」とオジイ。

「このあたりに？」マスターが訊く。

オジイはチェイサーのミネラルウオーターをごくりと飲んで、

「じつは……好きな女と暮らしていたさね……」

まぶしそうな顔をして、ちょっと頬《ほお》を赤らめた。

まだ玉川髙島屋もないころ、林哲オジイはこの近くのアパートで半年ほどその女性と同《どう》棲《せい》していたという。

「こんなびっしりお家《うち》が建ってなかったよ。空き地や原っぱがあって、秋になると赤とんぼが飛びまわってたさ。チンチン電車に乗って、ふたりで砧本村《きぬたほんむら》から二子玉川に出たもんさ」

遠い目をしてオジイが言う。

「きっと、ぼくが中学生のころだなあ」

マスターも懐かしそうに応じる。

「今日もあちこち歩きまわってよう。あのころ仲良くなったカラスの孫子《まごこ》とゆんたく《おしゃべり》したら、ここは水がでーじ《とても》おいしいって。まいにち風乗りして遊べるのもうれしいと言うておったよ」

とオジイはストレートグラスを持ちあげたが、すでに空《から》なのに気づいて、もう一杯飲みたそうな顔をした。

気配を察した琉平が、

「もうちょっと待っててね。いま、ワイン出すからさ」

そう言うと、ちゃちゃっと作ったイカ墨スパゲティーを皿に盛り、カウンターに置く。

オリーブオイルとニンニクのこうばしい香り、大好きなイカ墨のにおいに、オジイは思わずごくんと唾《つば》を飲みこんだ。

マスターはよく冷えた白ワインをステム（脚）のないグラスに注《そそ》ぐ。

オジイがひとくちワインを飲む。

そうして唇を真っ黒にしてパスタを食べると、静かな空間にカタカタいう音が響いた。

半ばまでスパゲティーを食べると、オジイはやおら口を開け、お歯黒《はぐろ》をつけたような歯で怪しくニッと笑う。

「これ、正真正銘、ぼくの歯だよ」

「……」

マスターは一瞬、言葉につまったが、身内の琉平はすかさず、

「どう見たって入れ歯じゃん」

鋭く指摘した。

林哲オジイはちょっとくすぐったそうな顔になって、

「なに言ってんだ。お金で買ったぼくの歯さ」

沖縄の南風のようにさわやかに笑った。

＊　＊　＊

オジイはナプキンで唇についたイカ墨をぬぐいながら、

「この白ワイン、味クーターさね」

「味クーター……？」マスターが訊きかえす。

「深い味がするってこと」琉平が説明する。

なるほどそういうことか、とマスターはうなずき、

「地中海のシチリア島のワインなんです」

「つまり、イタリアの島酒《しまざけ》ってこと」琉平がフォローする。

島酒と聞いてオジイは、

「だからよー」とうれしそうな顔になった。

「シチリアは太陽の光が強いんで、腰のあるワインになるんです」

マスターが言うと、

「いなぐ（女性）も酒も、腰が大事さぁね」

にんまりして納得する。

「コルヴォってワインで、コルヴォはイタリア語でカラスのことだよ」

琉平が教えてあげる。

「ほう……カラス……」

オジイは感慨深げにうなずくと、一気にグラスを干し、

「やしが《だけど》……なんでカラスって名前かね？」

と言って宙を見つめた。

マスターがおもむろに口を開く。

「島の葡萄《ぶどう》畑にいつも一羽のカラスがやってきて、昼夜《ひるよる》おかまいなしに毎日カアカア、カアカア鳴いたそうなんです」

「カラスは地声が大きいさね。マイクがいらんくらい、声がよく通るさぁ」

オジイが笑顔で相づちを打つ。

「うるさい声に村人《むらびと》はたいそう困っていたんですが、そこに林哲さんのような人があらわれた」とマスター。

「ぼくみたいな？　そりゃ、イケメンやな」

オジイがうれしそうに言う。

いいえ、とマスターは苦笑いして首をふり、

「カラスと話のできる修道僧です」

「なるほど。髪型は坊主じゃないが、カラスの言うことはようわかる」

「修道僧が『どうしてそんなに鳴くんだい？』と訊くと、『仲の良いつがいを亡《な》くした』とこたえたそうです」

「……」目をしばたたかせた。

「一人ぼっちで、とっても寂しかったって」

「そりゃそうさ。カラスは夫婦仲がいいからね」

「カラスはこう続けたそうです。

『誰かと話したくて話したくて、毎日カアカア鳴いてたんだよ。周りに仲間がいないから、人間にしゃべるしかなかった。でも人間にはぼくの言葉がわかんない。しゃべればしゃべるほど、うるさいって嫌われちゃう……どうしてこの気持ち、わかってくれないんだってムキになって鳴いてたんだ』

そう言うと、頭《こうべ》をたれて謝ったそうです」

可哀想《かわいそう》になあ、とオジイはつぶやき、

「ちゃんと心ひらいて話を聞いてあげれば、だれだって素直になるさね。カラスはやっと救われたんだなぁ」

「修道僧はカラスに『でも、きみの声で村人は眠れないし気が休まらない。みんな仕事もできないんだよ』と言ったんですって」

「………」

オジイは眉を八の字にして、困ったような顔になった。

「カラスは修道僧にひとつだけお願いをしたそうです。

『ぼくの名前はコルヴォ。ぼくを見かけたら〝あ、コルヴォだ〟っていつでも話しかけてほしいんだ。そうしてくれたら、もう、うるさく鳴かないよ……』

涙ぐんで言葉をつまらせたそうです」

オジイはワインのボトルを手にすると、

「……カラスはね、いたずら好きで陽気に見えるけど、どこか心に闇《やみ》をもった寂しい性格なのさ。シャイだから、ああしてはしゃぐんだよ」

ラベルに描かれたカラスの絵を見つめながら、しみじみとつぶやいた。

＊　＊　＊

マスターがコルヴォ・ワインをゆっくり注ぐと、ピンライトのあたった液体は、南国のねっとりした光のように、淡い黄金色に輝いた。

慈《いつく》しむようにグラスを取りあげ、ひとくち飲んだオジイは、

「島のカラスといえばね……」

と口を開いた。

「……若いころ、南洋を渡り歩いてね。そこで変なカラスと出会ったさ」

「南洋？」琉平が訊く。

「サイパン、トラック、ポナペ、最後はクサイエ。太平洋の島さ」

サトウキビ作りとカツオ漁で暮らしをたてていたという。

「どうして南洋に……？」マスターが訊く。

「当時、ウチナーでは食えんかった。南洋に行くと、お金がでーじ儲《もう》かったさ」

太平洋戦争の前、熊本で兵役を終えたオジイは、小学校時代からの親友・大嶺勇《おおみねいさむ》とオンボロ船で南の島に向かったという。

「とくにクサイエはのんびりしたいい所だったさ。カヌーなら半日で一周できるくらいの島さね。島人《シマンチュ》と沖縄人《ウチナーンチュ》が仲良く暮らしていたよ」

山があって雨も多く、緑のジャングルが広がっていた。

沖縄では見かけないカラフルで個性的な鳥もたくさんいて、子どものころから鳥好きだった大嶺は大喜びだった。

仕事を終えると、泡盛を持ち寄り、星空の下でオジイが三線《さんしん》を弾き、島人と一緒に歌い踊った。親しくなったカラスもたびたび宴《うたげ》にやってきては、慣れた節回《ふしまわ》しでカアと合いの手を入れ、一躍みんなの人気者になったのだった。

「ところが戦争がせっぱ詰まってくると日本軍がやってきて、狭い島の人口がいきなり二倍にふくれあがったさ」

「食べもの、たいへんだったでしょう……?」

マスターが低い声で訊いた。

そうさ、とオジイはうなずき、

「島に米なんかない。潜水艦が内地の米をゴムチューブに入れて運んできて、小さなおにぎりをやっと一個食べた。それが最後の米さ。それから二カ年のあいだ、ひと粒の米も見なかったよ」

「野菜はあったの?」

琉平が訊く。

「雨が多いから野菜はよくできたよ。だから軍はぼくらに野菜づくりをさせたんだ。菜っ葉、ネギ、きゅうり、芋……よく育つけど、みんな、大きくなるまで待たん。夜の間にこっそり掘り起こして食べてしまうさ。そうするうちに野菜がどんどんなくなってね。パパイヤと芋の葉をドラム缶に入れて、海水で煮て食べるようになったさ」

「魚はいなかったの？」と琉平。

「川魚は最初に食べ尽くしたよ。海の魚は獲《と》りに行けない。アメリカの戦闘機に撃たれるからね。犬もネコもぜんぶ食べた。トカゲも食べた。あれは焼いて食べるとけっこう美味《うま》いんだ。ネズミもゴキブリも手でつかまえた。すばしっこいから捕まえるのが大変だったさ。体力なくてフラフラだからね」

「食糧の配給って、なかったんですか？」

マスターが訊く。

オジイは、何を言ってるんだとムッとして、

「あるにはあるけどよぅ。それだけでは生きていけん。自分で食べもの探さにゃならん。栄養失調になると、からだがぱんぱんにむくんで動けんようになる。そうなったら、おしまいさ。

島で死んだひとは、ほとんどが飢え死にさ。クサイエに行くまえ、ぼくの体重は72キロあったけど、二カ年で半分以下になったさね。あまりに軽すぎて、ふわっと浮き上がって、あの世が手の届くところにあったよ」

そう言って、かわいた笑みを浮かべた。

*　　　*　　　*

「軍の偉いさんが横取りしてたのかな？」

と琉平がたずねる。

その通りや、とオジイは目の色を変えてうなずき、

「しっかり、食ってたさぁ」

「えっ？　なに、それ」

琉平が小鼻をふくらませた。

「自分たちはしっかり食べて、兵隊や一般人は規律でしばりつけるわけさ。あまりに腹がへって畑の作物を盗んで、その場で銃殺された人もいたさね」

とオジイが低い声で言う。

「……」

「……」

マスターも琉平もやり場のない気持ちになった。

「正義感がひといちばい強かった大嶺は、むかっ腹《ぱら》を立てていたさ。で、ある夜、ついに連隊本部の食料庫に盗みに入ったんだ。ところが、運悪く見張りの兵隊に捕まってよ、ボ

コボコにされて、配給もストップされたさ。食べものをもらえなくなったわけさ」

傷だらけの大嶺さんは、名ばかりの療養所に収容された。

林哲オジイが芋の葉っぱを持って見舞いに行くと、熱帯なのに、毛布をかぶってガタガタ震えていたという。

デング熱にかかってしまったのだ。

「『わんねー、ちゃーならん（おれはもうダメだ）……死ぬ前に、白い米の飯《めし》たらふく食いたい』って言うんだ。ふだん無口なのによ、そのときは口の端っこに泡ためて、母親のこと、一緒に野原で遊びまわったころのこと、飼ってた鳥のこと——落ちくぼんだ目ぇぎょろつかせて、いっぺーしゃべったよ。

その翌日の午後、大嶺はころっと死んでしもうたさ……」

島では死者は人目《ひとめ》につかぬよう、夜、ジャングルの中で火葬するのが普通だった。

オジイは大嶺さんが逝くときに、大好きだった鳥のうたを聴かせてやりたいと、上等兵に頼み込んで、遺体を早めに火葬場に運んだ。

枝から枝へ飛びうつる鳥を、熱帯雨林の緑に染まって一心に見ていた親友の姿が、オジイの目には焼きついていた。

——火にかけられるまで、ずっと寄り添ってやろう……。

自分にはそれくらいしかできなかった。

ジャングルの中はじっとしているだけで汗が噴き出したが、夕方になって、ようやく涼しい風が吹きすぎていった。

ささやきかわす鳥の声も、椰子《やし》の葉ずれの音も、気持ちよかった。

飢えで体力も落ち、大切な心の支えも失ったオジイは、いっそこのまま風に溶けていきたいと思った。

「ぼくは知らぬ間に眠り込んでいたさね。ふと気がつくと、椰子の葉かげの向こうに、血の色の夕焼けが広がっていたさ。大嶺は、と見ると、カラスが一羽舞い降りて、あいつのからだをついばんでいたんだ」

とオジイが言う。

「…………」

マスターは言葉を失った。

「まさかよぅ……」

琉平は目をみはったまま、口を閉ざした。

「うたに合いの手入れてたカラスだったさ。一瞬、おぞましくて吐き気がした。やしが《だけど》、そのあと、怒りがむらむら湧《わ》いてきよった」

オジイはカラスに向かって「こらっ！」と大声で叫び、両腕を振り回したが、カラスはちょっと羽ばたくだけで、すぐ大嶺のからだの上に舞いもどった。

「食べるな！」

声を振りしぼったが、カアと一声鳴くだけで、いっこうにつつくのを止《や》めない。

そうするうちに、カラスが、

（おれも腹へってんだ。あんたたち人間と同《おん》じさ）

上目づかいに言った。

「頼むから、やめてくれ」

（食べることで、友だちの命がおれに宿るんだ）

「……」二の句がつげなかった。

（火葬したら灰になるだけだろ？）

「…………」

たしかにカラスの言うとおりかもしれん。

好きだった鳥に肉をついばんでもらい、そのからだの一部になる。鳥になりたかったあいつが、やっと空を飛べるようになる……。

（たましいを送ってやれよ）

くちばしをあげ、にらみつけるようにカラスが言う。

オジイは雷に打たれたように、動くことができなくなった。

しばらくして、オジイはよろよろ立ち上がると、防空壕《ぼうくうごう》に隠しておいた三線を取りに行った。

そして大嶺さんの前に座りなおすと、たましいを鎮めるうたを歌いつづけた。

「あたりが闇《やみ》に包まれると、大嶺のまわりにふっと蛍のような光が浮かんだよ。気がつけば、カラスはもうどこにもいなかったさね」

戦争が終わったのは、その翌日だった。

*　*　*

「南洋時代の話、はじめて聞いたよ」

琉平が長い沈黙をやぶって、口を開いた。

「生きることは、食うことや……」

林哲オジイは吐息とともに言うと、コルヴォ・ワインでのどを湿らせ、

「カラスから教わったのは、もう一つある——うたでたましいを送ることさ」

琉平は相づちを打ち、しばらく考え、

「……お酒も、たましいを送るよね」

オジイは、そうさ、と大きくうなずき、

「むかしは、骨を泡盛で清めて墓に入れたもんさ」

記憶をたぐり寄せるように、目をつむって言う。

マスターはいつのまにか自分用のブラックブッシュを飲んでいたが、

「たましいが向こう岸にわたるときは、酒とうたに送ってもらうんですね」

考え深そうな顔で言った。

マスターの背後にある大きな窓からは、川向こうの灯《あか》りが銀河のように青じろく瞬《またた》いて見える。

オジイはマスターの飲むアイリッシュ・ウイスキーにじっと目をやり、

「ぼくにも同じ酒、オン・ザ・ロックでちょうだい」

とオーダーした。

マスターはウォーターフォードのグラスにウイスキーを手早く注ぐ。

そうして丁寧に2回ステアし、オジイの目の前にすっとグラスを滑らせた。

透きとおった氷がピンライトを浴びて、きらきら水晶のようにきらめく。琥珀色《こはくいろ》の液体はぬめるようにゆったりと揺れている。

オジイはグラスを、そっと持ちあげると、

「ダブリンでこれ飲んで、美味《うま》かったさ。黒いラベルが好きなんだ」

うれしそうに言う。

そういえば、とマスターが口を開き、

「アイルランドの人たちも、たましいの存在を信じてますよね」

オジイは青草《あおくさ》の香りのするウイスキーをひとくち飲み、美味い島酒やとうなずき、

「アイルランドも島さね。山にも川にも岩にも、たましいが宿ってると信じているよ。沖縄とそっくりさ」

「イングランドに抑《おさ》えつけられてきたのも、どこか沖縄に似てますよね」

とマスターが問いかけた。

オジイはウイスキーを啜《すす》るように飲んで、

「ウチナーはずっとヤマトに左右されてきたからね。やしが、つらいことがあればあるほど、心に皺《しわ》ができて、人にやさしくなれるさ」

ふんわりこたえた。

「だから、ウチナーでうたやお酒が生まれるのかもね。うたって笑って飲んで、『なんく

るないさぁ』で生きてきたんだよね」

　琉平が誇らしげに言う。

　オジイがグラスをカウンターに置きながら、

「アイルランドを旅している間、ずうっと雨が降りつづいていたさぁね。黒い雲が空をおおって、昼間なのに真っ暗なわけさ。そのうち稲妻がきらめき雷がとどろいて、ザーッと大雨がきた。で、さんざん降って止《や》んだら、雲の切れ目から光の条《すじ》がすっと輻《や》のように伸びてね。きれいな虹がかかって、なんともいえず神々《こうごう》しかったよ」

「アイルランドには妖精《ようせい》もたくさんいるって……」

　と琉平が話を受けると、

「陰翳《かげ》があるからさ。心の皺が影をうむさ。闇をどれだけ抱えられるか——そこんところに、ひとの心はかかっているさぁね。闇の中では目はきかん。目には見えんものを見られるのは心だけさ。妖精はそんな心に宿るんじゃないのかね」

　オジイがしみじみ言うと、マスターが黙ってうなずいた。

「雨があるから、太陽のありがたみがわかる。雨はいつまでも降り続かん。やがて必ず晴れるさ」

　ぼそっと言って、オジイはブラックブッシュのグラスを飲みほした。

「オジイ。ほんとは、今日、どこ行ってたね？　飲んでなかったよね？」

琉平がストレートに訊いてきた。

「……」

「昼寝してると、近くのお寺から三線《さんしん》の音が聞こえたような気がしたさ」

と琉平がつづけた。

「……」

オジイは何もこたえず、ただウイスキーを口に運んでいる。

「夢のなかで聞いたかなと思ったけど、あまりに上手だったんだ。いま思えば、あれ、オジイだったんじゃないかって」

しつこく琉平が言う。

「……」

「一緒に暮らしたひとがあのお寺に眠ってたりして」

オジイは口をへの字にして、煙草に火をつけた。

「どう？　当たりでしょ？　ビンゴでしょ？」

「……」

「黒い三線ケース持ってるし……。でしょ？　でしょ？」

琉平がたたみかける。

オジイはやれやれという顔をして、紫煙《しえん》をくゆらした。

「焦ると、沈むよ」

ぼそっと言う。

「あせる？」ちょっとむっとした。

「男が、あんまり、やいのやいの言うな」

「……」

琉平はぷっとふくれっ面になった。

「クサイエ島で、大嶺は焦ったさ。自分の正義と腕力を過信したさね。焦らなければ、きっと生きのびて、いまごろここで一緒に島酒飲んでたかもしれんよ」

「……」

「お前はいつも自分の目に狂いはないと思いがちゃっさ。小心の裏返しの自信過剰さね。カクテルをつくるのも上手《うま》いと思ってるだろ？」

「……」

鋭いところを突かれ、琉平は、おもわずうつむいた。

「なんでも『好き』と『上手《じょうず》』があるさ。

ぼくの友だちに『泳ぎと潜りが上手』と自慢するやつがおったさ。でも、海に入って五十年たっても、まだ帰ってこん。

ぼくはそいつのように潜ることもできんし、速くも泳げん。だけど、いつまでも泳いでいられるさ。『好き』と『上手』はぜんぜん違う。ぼくは歌三線《うたさんしん》が好きなだけさね」

「…………」

琉平は顎《あご》をひいて、黙りこむ。

マスターは自分のグラスをじっと見つめながら、オジイの言葉をしっかりと胸にきざんだ。

＊　＊　＊

J・J・ケールのゆるいブルーズが、湧き水のようにやわらかく空間をみたしている。

林哲オジイは煙草を灰皿でもみ消すと、おもむろに口を開いた。

「……琉平の言うとおり、寺に、行ったさ」

カウンターの中のふたりは、無言のまま互いに顔を見交わした。

「十年前に亡くなったさ。やっと墓参りができた」

「それで三線を……」マスターが言う。

オジイは、ああ、と軽くうなずき、

「友だちはみーんな、あっち行ってしまったよ。残ってるのは、ぼくひとり。さみしいもんさ」

そう言って、ふふ、と枯れた笑みを浮かべ、

「この歳《とし》まで生きると、すべてが夢のようさ」

「時間って、歳を重ねるごとに早く経《た》っていきますよね」

マスターが相づちを打った。

「人生なんてあっという間さ。でも、子どものころは一日が長かった。ことに、まだ生まれる前、母の子宮にいたときはね」

「すごい記憶力……」琉平がぽかんと口を開けた。

「天才は違うんだよ」マスターがささやいた。

オジイはつづける。

「子宮にいたときは、あたたかい闇につつまれ、ドクンドクンって鼓動《こどう》のリズムがとっても心地よかったさ」

「レゲエのほっとする感じも、ハートビートのリズムから来てますもんね」

マスターが納得する。

「沖縄の亀甲墓《きっこうばか》は女性が脚を開いた形さ。ひとは闇から生まれ、闇に還《かえ》っていくさぁね」

オジイは深いまなざしになって言った。


「闇って怖いけど、なんか不思議な力があるんだね」

琉平が真面目《まじめ》な顔でつぶやく。

マスターは、闇か……と独りごち、一瞬考えたのち、

「今日は新月だし、せっかくだから闇にちなんだお酒、飲みますか」

と明るい表情で言い、冷凍庫を開けた。

取り出してきたのは、びっしりと霜のついた何の変哲もないボトルだ。

白い霧があたりにふわっと漂い、ボトルの中でイカ墨のような液体が揺れている。

「黒い酒……?」

林哲オジイは目を丸くして、カウンター越しにのぞき込んだ。

「まずはストレートで飲《や》りましょう」

そう言うと、マスターは三つのショットグラスに、墨汁《ぼくじゅう》のような液体を注いでいく。

「おつまみは、やっぱり、これかな」

と琉平がニコニコして、カラスの濡《ぬ》れ羽色《ばいろ》をした勾玉《まがたま》みたいなスナックを小皿に載せて差しだす。

そのおつまみを見て、一瞬、オジイはいぶかしげな顔をした。

「さ、どうぞ、どうぞ。ぼくらの気持ちです」

マスターが白い歯を見せ、爽《さわ》やかに言う。

じゃあ、とオジイが小さなグラスを口もとに引き寄せ、クッとあおった。

「お。意外とやわらかい。ウオツカかね？」

満足そうに言うと、空《から》になったグラスを上げて、お代《か》わりをせっつく。

そうして黒い勾玉を口に入れ、カリッと噛む。

「これ、ブラック・ウオツカに、でーじ合《とても》ってるさ」

「カシューナッツを備長炭《びんちょうたん》の粉でコーティングしてるんだよ。お酒は、ブラヴォドって黒いウオツカ」

琉平がちょっと胸をそらして言う。

——ひとのクセはすぐには治らん。なんでかねぇ？

とオジイは思ったが、その気持ちはおくびにも出さず、

「この豆、病みつきになるさ」

と言うと、琉平はうれしそうに、

「醤油《しょうゆ》に一味《いちみ》唐辛子きかせてるのが、ミソ」

と自慢げに説明する。

「やっぱり、黒いものには力がある」

オジイが感心しながらつぶやく。

マスターもブラック・ウオツカをキュッと飲み、

「今夜は黒い月です。闇の力が大きくなる夜ですね」

と窓を振りかえった。

「老子が、宇宙の中心は真っ黒だ、と言うてたよ」とオジイ。

「物理学者の話では、銀河系の真ん中にはブラックホール＝闇があるそうです」

マスターが言う。

「ほう。東洋の哲学者が直感で思うたのと、西洋の科学者が理詰めで考えたのが同じだわけさ」

「ブラックホールはすべてのものを吸いこむ闇です。いろんな色が混じって黒になるのと似てますよね」

「ひとの心の真ん中にも闇があるさ。おのれの闇を見つめるのは大変やけど、闇の中からしか光は生まれんさね」

林哲オジイは静かに言った。

「ゆんたくし過《おしやべり》ぎて、のど渇いたでしょ？」

琉平が少し長めのグラスに冷たい炭酸水を入れ、その上からブラヴォド・ウオツカをやさしく注いでいった。

と、グラスの下半分が透明に、上半分が黒に、きれいに二層にわかれる。

琉平はステアせず、そのままグラスをオジイの前に滑らせた。

「ほら。闇と光――」

にっこりして言う。

オジイはうれしそうにのどを鳴らして飲み、大きな窓からバー・リバーサイドの外に広がる清らかな闇をおだやかに見つめた。

そこには、かすかに青い朝の気配が満ちている。

無明《むみよう》のなか、カラスがひとつ、カアと鳴いた。

「もうすぐ、光がやってくるさ」

林哲オジイは歌うように言うと、ゆっくり目を閉じた。

# 火の鳥の酒

Bar Riverside

時雨《しぐれ》が通りすぎ、西の空があかね色に染まるころ、バー・リバーサイドの木製扉をコンコンと軽くノックする音があった。

開店時間にはまだ三十分ほどある。

バックバーに並んだボトルの埃《ほこり》をはらい、やわらかな布でていねいに一本一本磨いていたマスターは、

「ちょっと早いな……誰だろう……?」

いぶかしく思いながら、カウンターをくぐって出ていく。

きしんだ音をさせて重い扉を開いた。

と、目の前に、中肉中背で引きしまった身体《からだ》つきの男が、秋空のように爽《さわ》やかな笑みを浮かべて立っていた。

「お、大ちゃん」

マスターがうれしそうな声を出した。二日酔いの日は、なんだか勘が当たる。

大ちゃんと呼ばれた男の名前は、熊野《くまの》大輔《だいすけ》。

フィルソンのチェックのネルシャツにブラッドオレンジ色のダウンベスト。リーバイス501のジーンズをはき、足もとはダナーのワークブーツでかためている。

こんにちは、と深々と腰を折って挨拶《あいさつ》し、

「ごめんなさい。ちょっと早かったですよね……」

右手で頭をかきながら、言う。

童顔《どうがん》で若く見えるが、年のころは五十代半ば。年上からは「大ちゃん」と呼ばれて可愛《かわい》がられ、年下からは「大さん」と兄のように慕《した》われている。

大ちゃんの左手には大きな袋がさげられていた。

かれの声に気づいた琉平が、扉のところまでやって来ると、挨拶もそこそこに袋を指さし、

「いったい、何、入ってんでしょうねえ」

歌うように言って、頬《ほお》をゆるめた。

大ちゃんは琉平の言葉に思わず相好《そうごう》をくずす。

まるでサッカー少年がボレーシュートをキメたときのような表情だ。

大ちゃんの屈託のない笑顔を見ると、マスターや琉平も二日酔いや仕事を忘れて幸せな気分になる。周りに日だまりのようなあたたかさを与えるのは、子どもの頃からずっと変

わらない。

ちょっと見、どこか呆《ほう》けているようにも見えるが、それは純な心のあらわれだった。構えるところがなく、いつも自然体なのである。

相手によって態度を変えたりもしない。いや、正確に言うと、変えられない。まっすぐで不器用な性格なのだ。

でも、その無垢《むく》で朴訥《ぼくとつ》な人柄が、老若男女を問わず誰からも愛される理由だった。

琉平はそんな大ちゃんにひそかに憧《あこが》れていた。

ひとの好き嫌いが激しく、感情がどうしても顔に出てしまう琉平は、ついきついことばを使ってお客さんにドン引きされ、ハッと我にかえることもしばしばだ。

琉平自身、これはまずいと思って反省するが、そんなとき、心に描く理想像が大ちゃんなのだ。

あのひとみたいにどんなときも動じず、いつもニュートラルでいられればなあ、と思っている。

大ちゃんの彫りの深いエキゾチックな顔だちはいかにも南方系で、そんなところも沖縄生まれの琉平は親近感をおぼえる。いわば、こころのなかの兄貴だった。

大ちゃんは、左手にさげた大きな袋をひょいと持ちあげ、じつは……と一拍おき、

「今朝、ヤマドリ、獲《と》ったんですよ」

満面の笑みを浮かべながら言う。

声のトーンがちょっと高くなった。

「ヤマドリって、あのキジみたいな茶色い鳥でしたっけ？」と琉平。

「そう。最近はなかなか獲れないんだよ」

めずらしく誇らしげに大ちゃんがこたえる。

「とっても美味《おい》しいんだって？」

マスターも興味しんしんだ。

「おふたりに早く食べてもらいたくて、オープン前に来ちゃいました。すみません」

大ちゃんがもう一度、頭をさげた。

マスターも琉平も目の前で手を振り、

「ジビエって、いまブームですもんね。うちの店で食べられるなんて、夢にも思ってなかったっす」

流行に敏感な琉平が声をはずませる。

「もしよろしければ、ぼく、調理しますんで」

大ちゃんが言うと、

「ぼくも琉平もジビエを扱ったことがないんで、助かるよ。せっかく貴重な鳥をいただいても宝の持ち腐れになっちゃうからね。大ちゃんがやってくれると、ほんと、ありがたいなあ」

マスターはこぼれるような笑顔になって、こたえた。

＊　＊　＊

マスターと琉平が開店準備をする間に、すでに羽《はね》をむしってあったヤマドリを大ちゃんは手ぎわよくさばいていった。

開店時間の午後五時を過ぎても、すぐにはお客さんはあらわれない。

ひととおり仕事を終えた大ちゃんがマスターと琉平に、

「せっかくですから新鮮なヤマドリ、ちょっとだけ食べませんか？」

と声をかけた。

「おっ、いいねえ」

いち早くマスターがのってくる。

カウンターの中の調理スペースにやってきた琉平は、きれいに切り分けられたヤマドリの肉に見入って、

「ぷりんぷりんしてますよね。やっぱ、野生の鳥は違うなあ」

おもわず感嘆の声をあげる。

大ちゃんはうれしそうにうなずき、

「ヤマドリはそれほど大きな鳥じゃないんで、取りあえずささみの刺身を造りましょう。一羽からほんの少ししか取れませんから。あとは冷蔵庫に入れといて、ジビエ好きのお客さんにお出ししましょうよ」

と言うと、マスターと琉平は一も二もなく賛成した。

大ちゃんがささみを薄くスライスする。

その色合いは、鶏肉《とりにく》のささみや大トロみたいな淡いピンク色。とても肉感的だ。

大ちゃんの手さばきを見つめる琉平は、無意識のうちにつばを飲みこんだ。

「ぼくがサーブしますんで、どうぞカウンターの向こうに座っててくださいよ」

と大ちゃんが言う。

たしかにカウンターの中にいても邪魔になるだけだからな、とマスターと琉平はお客さんの座るスツールに腰かけた。

が、二人ともどうも落ちつかない。

「なんか新鮮な感じっすよねぇ。マスター」

と琉平がウキウキしながらささやくと、

「お客さんからは、ぼくら、いつもこういう目線で見られてるんだなあ」

マスターも、調理する大ちゃんを見つめながら、感慨深げに小声でこたえる。

なんだか自分の店なのに他人の店に来たような気分になるのも、奇妙な感覚だった。

バーテンダーの師弟がそんな会話を交わすうち、大ちゃんはささみをさっと湯がき、見ばえよく皿に盛りつけて、マスターと琉平の目の前に置いた。

そうして、おろしたての山葵《わさび》と醤油《しょうゆ》の小皿を脇に添える。

「さ、どうぞ。ぼくはこちらでいただきますから」

大ちゃんが言うと、

「じゃ、お言葉に甘えて」

ふたり、声をそろえ、さっそくヤマドリの刺身に箸《はし》をつけた。

マスターは、ひとくち口に含むと、

「こりゃ、たまらないね」

感に堪《た》えない様子でつぶやいた。

「……」

琉平は顔をほころばせつつ宙を見つめ、もどかしそうに言葉を探している。

マスターが、もうひとくち食べて、

「鶏肉を上品にしたような味わいだね。でも、鶏肉よりずっとうま味がつまってる」

冷静にコメントすると、琉平は我が意を得たりと大きくうなずき、

「そうそう。めっちゃ食べやすいっす。水炊《みずた》きとかお吸い物なんかもおいしそう。完全に和食ですよね」

大ちゃんが、でしょ、という顔でにっこりし、

「では、お酒はいかがいたしましょう？」

マスターはハッとして、

「あっ！　すっかり、ぼくらの仕事、忘れてた。ごめん」

琉平と目を見合わせ、恥ずかしそうな顔をした。

バーテンダーふたりは、さっそく大ちゃんとカウンターの内と外とを入れかわった。

マスターはバックバーを見わたしながら、ヤマドリに合わせるお酒をどうしようかと考え、

——やっぱり、これかな。

と一つうなずいた。

バックバーから取りだしたのは、赤みがかった色の野鳥をラベルにあしらったスコッチだった。

ウォーターフォードのグラスに素早くオン・ザ・ロックを作り、大ちゃんの目の前のカウンターに置き、自分たちにも二杯、ロックを作った。

そうして三人でグラスを目の高さにあげて乾杯。

すするように飲み、また、ひとくちヤマドリを味わう。

じっくりマリアージュを楽しんだ後、大ちゃんがおもむろに口を開いた。

「このスコッチ。そんなにスモーキーじゃないしボディも軽いんで、ヤマドリによくマッチしてますね」

そう言うと、さっきの袋の中をごそごそいわせてペットボトルを取りだし、マスターに手渡した。

「?」

マスターが小首をかしげると、

「奥多摩でヤマドリを獲ったとき、猟場《りょうば》に流れていた沢水《さわみず》です。手ですくって飲むと、ほのかに甘くておいしかったんで、ボトルに入れてきたんです。これで割ると、もっとヤマドリに合うかなって気がします」

と大ちゃんがつづける。

さっそくマスターは三人それぞれのグラスに沢水を注ぎ、スコッチ&ウオーターをつくった。

こんどはヤマドリに水割りを合わせる。

と、大ちゃんの目がパッと見開き、

「いいですねえ。淡泊な肉にとっても合いますよね」

晴れ晴れとした顔になって、うなずいた。

＊　＊　＊

大ちゃんは、広島県の福山《ふくやま》出身。

バー・リバーサイドの常連であるライターの森《もり》とは高校時代からの親友だ。

もともと福山で塾の英語講師をしていたが、転勤でいやいやながら東京に出てきた。

そのさい、森に住まいを探してもらい、多摩川沿いの賃貸《ちんたい》マンションを見つけてもらった。川のそばじゃないと住めない、と珍しくわがままを言ったのだ。

森とは、高一のときに同じクラスになって以来の仲である。

二人ともロックが好きで、とても気が合ったのだ。

ロックとの出会いは小学校三年生のとき。ビートルズが好きになり、『レット・イット・ビー』のLPを買い、アルバム全曲をそらで歌えるほど聴きこんだ。

中二の夏休みに叔父《おじ》の営む八百屋でアルバイトをし、貯《た》めたお金で、ジョン・レノンが弾いていたのとそっくりのギターを買った。

それからは、ギター三昧《ざんまい》の日々だった。

曲をくりかえし聴いては、耳で一つひとつ音をとり、フレーズをコピーしていった。

歌うことも好きなので、最初は意味もわからず「なんちゃって英語」で歌っていたが、しだいに発音を完璧《かんぺき》に真似《まね》るようになった。

そうするうちに言葉はメロディーだとわかり、英語がどんどん上達していったのだ。

だから塾の生徒たちには、「とにかく好きな歌をパーフェクトに真似できるくらい歌いこみなさい」と教えている。楽しみながら覚えると、わからない単語の意味も知りたくなるし、ネイティブの発音も自然に身につくようになると。

大ちゃんが育ったのは、福山のまちを流れる芦田川《あしだがわ》の岸辺。

川の中州に草戸《くさど》千軒《せんげん》といわれる港町の遺跡があって、そこが子どもたちの遊び場だった。

友だちと一緒に中州に基地をつくり、沈下橋《ちんかきょう》の下でフナやテナガエビを獲るのが楽しかった。

ヤスで突くと、魚のからだがクルッと勢いよく反《そ》りかえり、水面がきらきら輝くのだ。その瞬間、川と自分が一つになる、目のくらむような快感があった。

獲った魚は魚籠《びく》に入れて持ち帰り、かならず家で食べた。

農業をいとなむ父からは、

「田んぼや畑の作物はみんな神さまからもろうたもんや。感謝の気持ちを忘れたら、いけん」

といつも言われたし、母からは卓袱台《ちゃぶだい》をはさんで、

「たいせつな命をもろうとるけぇね。獲ってきた魚は余《あま》すことのう食べちゃらんと、魚はあの世に行けんよ。魚が往生《おうじょう》できんと、大輔、あんたも往生できんのよ」

と教えられた。

だから、ご飯もおかずもいつも残さず食べてきたのである。

大ちゃんがアウトドアライフにはまったきっかけはもう一つあった。

あるテレビ番組で、イエローストーン国立公園のパーク・レンジャーの仕事を知り、かれらの姿に憧《あこが》れたのだ。

オリーブ色の制服を着て、テンガロンハットをかぶり、ロッキー山脈をバックに、颯爽《さっそう》と馬にまたがるレンジャー――。

ぼくもあんなカッコイイ仕事をしてみたい、と切実に思った。

そして高校卒業後、両親の猛反対にもかかわらず、大ちゃんはギター一本かかえてアメリカに向かったのだ。

イエローストーンでは、四国《しこく》の半分ほどもある広大な公園を見回り、野生動物の調査や厩舎《きゅうしゃ》の管理などをしたが、ライフル銃と散弾銃の扱いも見よう見まねで覚えた。銃をさわるのとギターを弾くのとはどこか感覚的に似ていて、しっくりきた。

「はじめてライフルを使ったのは、コヨーテ退治のときだったんだ」

と大ちゃんが口をひらく。

「コヨーテって……あの狼《おおかみ》の弟分みたいなやつ？」と琉平。

大ちゃんはうなずき、

「あのあたり、コヨーテがいっぱいいて、夜になると農家の鶏《にわとり》を食べにくるんだよ。で、ぼくらレンジャーが鶏を守りにいくことになってね。ライトの光にコヨーテの目がキラッと光った瞬間、その目と目の間を狙《ねら》ってドンッと撃ったんだ。一晩で四十七頭仕留めたよ」

「撃ったときの気分って、どうなんすか？」

琉平が訊く。

「ものすごく興奮したね。とにかくたくさん獲れたしね。まだ若かったから……」

大ちゃんが本格的にハンティングをはじめたのは、三年間のイエローストーン暮らしを終えて帰国してからだ。福山に住んでいる先輩に連れられて、近くの里山《さとやま》に向かった。三十年前の晩秋のことだ。

「初めての猟も今日と同じヤマドリ。イングリッシュ・セッターを一匹連れて山に入り、猟場《りょうば》を犬に狩らしてね。だいたいこの辺りに鳥がいるかなと見当つけて、犬を放すんだよ」

琉平が目を輝かせて、大ちゃんの話を聞く。

マスターもカウンターの向こうから身を乗りだしてきた。

大ちゃんはつづける。

「犬はかならず風下《かざしも》から鳥を探しに行く。鼻を高く上げてヒクヒクしたり、鼻を低くして地面のにおいをクンクンしてね。鳥の脚のにおいを嗅《か》ぎまわるんだ」

「鳥の気配がしたら……？」

と琉平が訊く。

「犬の動きが、一瞬、クッと止まる」

「『ここに鳥がいるよ』って教えてるのかな?」

こんどはマスターが訊いた。

「そうなんです。獲物を見つけると、その手前で伏せ（セット）をして教えてくれる。だからセッターって名前なんですよ。ポインターも同じ猟犬だけど、鳥の居場所を指し示す（ポイント）から、ポインター」

なーるほど。そういうことだったんだ、とマスターと琉平がうなずいた。

大ちゃんはフェイマスグラウスの水割りを傾けて、唇をしめらせる。

「それから、それから?」琉平がせっついた。

大ちゃんは一つうなずき、

「犬が動きを止めたら、すぐ散弾銃の弾《たま》を込め、銃を起こして、犬の後ろにつく。『よしっ!』って号令かけると、犬はにおいを嗅ぎながら忍び足で近づく。驚いた鳥がパタパタッと飛び上がったところを、ダーンッ!」

「なんだか簡単に聞こえるけど……実際は違うんでしょうねえ」と琉平。

「そりゃあそうだ。シンプルなものほど難しい。マティーニと同じさ」

　マスターが腕を組んで言うと、大ちゃんがそれに応じた。

「鳥と同じで、こっちも舞い上がっちゃってるから、よく外《はず》すんですよ。そしたら、犬がぼくの方にやってきて『下手くそっ』って顔して、鳥が逃げてった方に走っていく。『お前がダメだから、おれがやってやる』って」

　マスターが大ちゃんと犬の関係にプッと噴き出しながら、

「猟の唯一のパートナーだもんね」

と感慨深げにうなずき、ちらっと琉平の方を見た。

　琉平はそんなマスターにはお構いなく、

「で、で、ヤマドリってどんなところにいるんすか？」せっかちに訊く。

「ヤマドリの沢下りといって、渓流沿いをくだってくる。今日の奥多摩はもう紅葉真っ盛り。赤や黄色やオレンジの葉っぱがパッチワークみたいに流れを覆《おお》っててね。そこからヤマドリがパッと飛び立ってくる。

　はじめての猟のときも晩秋だったなぁ。ちょうど日暮れ間近《まぢか》、ヤマドリが犬に追い出されて沢をくだってきた。傾いた日の光に、からだが金色がかった朱にきらめいて、火の鳥になったんだ！　ありゃあ、一生忘れられん光景よねえ」

　大ちゃんが思わず福山弁になって遠い目をすると、琉平がフェイマスグラウスのボトル

をさっと取りあげ、ラベルを指さし、

「この雷鳥みたいな色ですか?」

「そうそう。まさに、それ。あのまぶしい色、思い出すなあ」

大ちゃんは目尻にしわを寄せ、奥多摩の沢水で割ったスコッチをひと息に飲みほした。

＊　＊　＊

そのとき、ギシギシッという音がして、バー・リバーサイドのぶ厚い木製扉が開いた。

ひんやりとした秋風とともにあらわれたのは、台湾整体の周雪麗《しゅうせつれい》先生だ。

キャメル色のライダースジャケットに、ボルドー色のバックスキンのロングスカート、足もとはウエスタンブーツできめている。

「いらっしゃいませ」

マスターがよく響くバリトンで挨拶し、琉平もていねいに頭をさげる。

周先生はいつものように桃の花のような明るい笑顔で応じた。

すっきりと鼻すじの通った細面《ほそおもて》、涼しげな目、ぽってりと柔らかそうな唇、メリハリのある抜群のスタイル……いつ見ても、周先生は申し分のない台湾美人である。

三十代前半にしか見えないが、ほんとは五十歳を少し超え、大ちゃんと同年輩だ。

「あら、良い香り。みなさん、早い時間からご機嫌ですね」

周先生は栗色《くりいろ》の長い髪をふんわり揺らし、大ちゃんから一つおいたスツールに座った。

大ちゃんと周先生は初対面なので、互いに軽く会釈《えしゃく》する。

琉平は久しぶりに周先生を前にして、あたふたしている。

スツールに落ちついた周先生は、大ちゃんの皿に目をやり、なんだかとってもおいしそうですね、とつぶやき、

「何を召し上がってらっしゃるのかしら？」

ストレートに訊いた。

「今朝獲《と》ったばかりのヤマドリです」

大ちゃんがこたえる。

「ヤマドリ？」

「日本にしかいない野鳥で、キジの仲間です」と大ちゃん。

周先生は軽くうなずき、

「野鳥といえば……子どものころ、父がカモ獲ってくれました。カモは血の味、とってもおいしいですよね」

「そうです。そうです。新鮮な血の味です」

大ちゃんがうれしそうにこたえた。

マスターがふたりをそれぞれ紹介し、あらためて挨拶をかわした後、周先生が、

「ヤマドリも血の味、しますか？」

「いえ。ちょっとチキンに似てるけど、もっと淡泊ですよ」

ふたりのやりとりを聞いていた琉平が気をきかせ、まだ手をつけていない刺身を皿に盛り、さっと周先生に差しだした。

「わっ」

周先生はおもわず素《す》っ頓狂《とんきょう》な声を出した。

琉平は笑いをかみ殺し、マスターは、

「百聞は一食にしかず、なんてね」

と言い、横から大ちゃんが、

「どうぞ、どうぞ」

とうながした。

周先生はヤマドリの刺身をひとくち味わい、満足げな顔をし、

「CCソーダ、合わせたいな」

「カナディアンクラブのソーダ割りですね。かしこまりました」

と琉平がこたえる。

大ちゃんはにっこり微笑《ほほえ》み、

「イエローストーンで、よくカナディアン・ウイスキー飲んだんですよ。すっきりした味がロッキー山脈の空気にぴったりで、押しつけがましくなく、上品なんですよね。ヤマドリとのマリアージュ、最高だと思います」

さっそく琉平がバックバーから濃い茶色のボトルを取りだし、

「カナダのウイスキーって、端正なおとなのお酒、ですよね？」

と言いながら、いつもはメジャーカップできっちり量るのに、周先生には目分量《めぶんりょう》でウイスキーを注ぎ、ウイルキンソンの炭酸水でさわさわ満たして一回だけ上下にやさしくステアした。

先生の目の前にタンブラーをそっと置く。

周先生はさっそくヤマドリを頬張り、ＣＣソーダをグイッと飲んだ。

「ばっちり、ですね」

すがすがしい表情で言う。

ありがとうございます、と頭をかきながら大ちゃんはこたえ、

「ところで、さっき話にでたカモですが……台湾ではどんなふうに調理するんですか?」

と訊いてきた。

「父は一羽まるごと塩や五香粉《ごこうふん》をまぶして一晩寝かせ、じっくり茹《ゆ》でてからスモークしてくれました。甘辛い醤油ダレで、生姜《しょうが》の千切りと一緒に食べるんですよ」

「カモのスモーク……!　生姜そえるの、いいっすねえ。何かすっきり感あって」

琉平が舌なめずりし、真顔《まがお》になって、モスコーミュールに合うかも、とひとりごちる。

周先生はちょっと笑みを浮かべ、

「カモは甘くて、とってもジューシー。ローストもいいし、炒《いた》めものもいいね。いまも父のカモ料理よく思い出すよ」

「お父さん、猟をしたんですか?」と大ちゃん。

周先生はうなずき、

「原住民の友だちと、イノシシ狩りにも行ってたよ」

と言うと、大ちゃんは、

「イノシシは集団で狩りをするんですよね」

「そうそう。父は仲間と一緒に山に行ったなぁ。気の合う人たちじゃないと、イノシシ獲れないって」

そうなんです、と大ちゃんはいっそう顔をほころばせ、

「猟師って、みんな個性強いんですよ。気が合えばいいけど、合わないと最悪。だから、ぼくはイノシシ猟、あんまりやらないんですよ。撃ちそこなって、一度こっぴどく叱《しか》られたこともあって……」

「わたしも性格的に向かないな。何をやるのも、ひとりが好きだから」

周先生が言うと、琉平が、

「孤独を愛するひとには、ウイスキーがそっと寄り添ってくれるんですよ」

したり顔でうなずくと、これ特別ですからね、と周先生のグラスにCCをたっぷり注ぎ、炭酸水で割った。

＊　＊　＊

いつしかバー・リバーサイドの横長の窓を、霧のように細かい時雨《しぐれ》が濡《ぬ》らしはじめていた。

周先生は、川向こうの滲《にじ》んだ街あかりを見つめ、

「父は、雨の日は泥だらけになって山から帰ってきたよ」

少女時代を思い出しながら、微細《びさい》な泡を立てる淡い琥珀色《こはくいろ》の液体を傾けた。

「イノシシ、お家《うち》ではどうやって食べたんですか?」

マスターが訊く。

「いちばん好きだったのは香腸《エンチエン》。母がつくってくれた台湾の腸詰め。イノシシの肉は味が濃くて、歯ごたえあって……なんといっても脂《あぶら》がおいしいよね。肉から竹の香り、ふんわりしたなぁ。タケノコいっぱい食べてたからかな」

「まさに山の幸ですね」

マスターが相づちを打つ。

大ちゃんがふたりの会話を引き取って、

「じゃあ、そろそろ、ぼくの獲った山の幸、鹿肉たべますか」

と言うと、

「えっ、鹿もあるんすか? 大さんってディア・ハンターなんだあ」

琉平が跳び上がらんばかりに驚いた。

大ちゃんは再びカウンターの中に入る許しをもらい、入れ替わりにマスターが外に出た。

さっそく冷蔵庫からメス鹿の背ロースを取り出した大ちゃんは、

「獲って一週間。ちょうどイイ感じに熟成してますよ」

さっきヤマドリをさばきながら、一方で、鹿肉をタイム、ローズマリー、ニンニク、塩コショウ、オリーブオイルでマリネしたのだという。

大ちゃんがフライパンにその鹿肉を置き、上から蓋《ふた》をし、弱火で焼きはじめる。

と、店の中にタンパク質の焦げる香ばしいにおいが漂いはじめた。

二日酔いからやっと醒《さ》めたマスターは、周先生とカナディアンクラブのオン・ザ・ロックを飲みながら、肉が焼けるのを今か今かと待っていたが、そうだ、と言って立ち上がると、ワインセラーの中をのぞいて、鹿肉に合う赤ワインを物色《ぶっしょく》しはじめる。

そうこうするうちに焼き上がったステーキを、大ちゃんは器用に切り分け、琉平がみんなにサーブした。

マスターは開栓《かいせん》したワインを、大きなボウルのようなグラスに注いでいった。

周先生がさっそく肉にナイフを入れる。

鹿肉は蒸しと焼きが入って、表面が白っぽくなっている。内側はルビーのように赤い。

「なんだかカツオのタタキみたい」

先生の声が少女のように弾《はず》んでいる。じつは先生は肉好きなのだ。

ひとくち味わう。

「しっとりふくよか。でも、さっぱり。アメリカのビーフステーキみたい。『これぞ、肉！』って感じね」

そう言って、濃い紅色《べにいろ》の赤ワインを口にふくむ。

「ああ……」

周先生が色っぽい声をだしたので、琉平は思わずナイフを落とした。

マスターもおどろいて先生のほうに顔を向ける。

「このワイン、舌ざわり、ビロードみたい。とってもエロチックよ。血の味するし、スパイシー。これ、なんてワインですか？」

先生は頬をうっすら桃色に染め、目をうるませ、婉然《えんぜん》と微笑みながら訊いてきた。

「ブルゴーニュの偉大なワイン。ジュブレ・シャンベルタンです」

とマスターがちょっと胸を張ると、

「ジュトジュデ・ニジュー（十と十で二十）ではありません」

琉平が突っ込んだ。

「ナポレオンが愛したワインだそうですよ。腰もあってコクもある力強いワインなんで、ジビエにぴったりです」

とマスター。

「これ、高いんですけど、先生のために、ト・ク・ベ・ツ。ですよね、マスター？」

と琉平が言わずもがなのことを言うので、マスターはうなずきながらも、おもわず額に青筋をたてた。

＊　＊　＊

「鹿をさばくときって、鳥のときと、なんか気持ち、違いますか？」

周先生が大ちゃんに訊く。すでにかれはスツールに座り、マスターはカウンターの中にもどっていた。

大ちゃんは、しばらく黙って考えていたが、

「鳥は魚とあんまり変わんない。でも、鹿は……内臓を取り出すとき、いつも目をそむけたくなるんです……。血のにおいを嗅ぎつけてキツネやタヌキ、カラス、トンビ……動物たちもどんどん集まってくる。ことに怖いのが野犬《のいぬ》。鼻に皺《しわ》をよせ、うなり声あげて、あっという間に周りを囲まれたことがありましたよ。襲われて食べられるんじゃないかって……とにかく恐ろしかった」

「父は、イノシシのお墓、裏の林につくってましたよ」

「猟は、命をいただくことですから……」

そう言って、大ちゃんは一言ひとこと嚙《か》みしめるように話しはじめた。

「じつはこの鹿を獲ったとき、もう一頭メスがいたんです。パーンッて撃った瞬間、撃たれた鹿は横向きに倒れた。でも、となりの鹿は、いま何が起きたかわからないって顔で立ちすくんでいた……。

さっきまで一緒にいた仲間がいきなり倒れ、自分ひとり変わらずそこにいる。人間も突然の事故がおきたら、きっと同じ反応すると思うんですよ。

生き残った鹿はわけがわからぬままススキのボサ（藪《やぶ》）に入って、またゆっくり出てきたんです……」

その瞬間、大ちゃんは間髪《かんはつ》を入れず引き金をひいた。

銃声が山あいに響きわたる。

鹿がどっと倒れ、かすかに土煙があがった。

どうしようもなく本能的に、大ちゃんのからだは動いたのだ。

「………」

周先生、マスター、琉平、そして大ちゃんも、石のように押し黙ったまま、時が過ぎていく。

それまで気づかなかったバッハの無伴奏チェロ組曲の音が、急に高まって聞こえてきた。

大ちゃんはふっと吐息をつき、ジュブレ・シャンベルタンをひとくち飲んで、沈黙をやぶった。

「……山ん中で血にまみれながら鹿をさばいていると、つらくなって、吐くこともあるんです……。『おれ、なんで、こんなことやってんだろう』って……」

三人はそれぞれ眉間に皺をよせたり腕組みしたりして、じっと大ちゃんの話を聞いている。

「若いころはたくさん獲れると『おれって、すんげえ猟師だ』って悦《えつ》に入《い》ってた。でも、あるとき、鹿を追いかけるうちに道に迷ってね。山で一夜を過ごすことになって……」

その夜はさすがに眠れず、寝返りばかりうっていると、青い月の光のさす森の奥から、何やら人声のようなものが聞こえてきた。

………………？

怪しみながら恐るおそる目を開け、耳を澄ました。

「命を奪うことが、そんなにうれしいの？」

こんどは、はっきりとした言葉になっていた。

一瞬、からだが凍りつく。

背すじを冷たい汗が流れていくのがわかる。

声のトーンが異様に高い。

かん高くしゃべる少女のような声色だが、あきらかに人のものではない。

イノシシの声はずっと野太いし、タヌキにしては神経質だ。キツネはもっと小賢《こざか》しい声を出す。

――もしかして、鹿……。


声はつづけた。

「同じ生きもの同士。なのに、どうしてわたしを殺すの？」

大ちゃんは、うっと言葉につまった。

「生きものはそれぞれ命のやりとりをしているわ。わたしだって、野山の葉っぱや木の実や草の命をもらって生きている。あなたも動物や植物の命をもらって生きている。生きものの命はそうしてぐるぐる回ってる。だから、あなたがわたしを撃つのは仕方ない。ただし、あなたがわたしをちゃんと食べてくれるのならね」

「……ぼ、ぼくは、鹿肉が好きだから獲ってるんだ。撃った獲物を土に埋めたり捨てたりなんて、したことないよ」

どうにかこたえながら、頭の中に、子どものころ母に言われた言葉がよみがえってきた。

鹿は、母とまったく同じことを言っているのだ。

「あなた、きれいごと言ってるけど、心のどこかで自分の獲った鳥や獣の数を自慢してるでしょ」

鹿は核心をついてきた。

「……」

「あなたには、命をいただくという感謝の気持ちが見えないわ。そんなひとに、命をあげるのが、わたし、とってもくやしいの」

そう言うと、鹿の気配はすっと森の奥に遠ざかっていった。

枯葉をすっかり落とし、影絵のようになった樹々《きぎ》の間から、青白い光を放つ星々が、手に取れるほど近くに見える。

ごうっと風が吹くと、森の底に散り敷かれた枯葉が渦巻くように舞い上がった。

「…………」

首をひねりながらも、大ちゃんはからだの震えがとまらなかった。

＊　＊　＊

「そのあとしばらくして、猟師の先輩から、狩りの神さまを祭る諏訪大社の勘文《かんもん》を教えてもらったんです」

と大ちゃんは言う。

「勘文？」琉平が訊く。

「呪文《じゅもん》のようなものです」

「どんなことを唱えるの？」マスターの目が鋭くなった。

「殺生《せっしょう》は獣たちを救って浄土に成仏《じょうぶつ》させるための方便なんだ、と」

「でも、それって人間の勝手な論理っすよね？」

と琉平が口をとがらせて言う。

「……まあ……そうなんだけど……でも、祈ることを知って、少し救われた気がしたんだ……」

と大ちゃんはうつむきながらこたえた。

「鹿にもヤマドリにも、いのちが宿ってますからね」

と周先生がうなずく。

大ちゃんはそのことばに表情を少しやわらげ、

「人間誰しも、できれば殺生なんかしたくない。でも、生きものを食べなきゃ生きていけない。そのぎりぎりのところで、なんとか折り合いをつけて生きてきたんじゃないのかな……」

「殺すのが嫌ならベジタリアンになればいいじゃないっすか。単純なことっすよ」

と琉平が意地悪な物言いをした。

「でも、ヒトにはちゃんと犬歯《けんし》ってものがある」マスターが割って入る。

「？」琉平が小首をかしげた。

「犬歯は牙《きば》だろ？　肉を食べるための歯だよ。それに、ヒトには牛のような臼歯《きゅうし》だってある。肉も草も食べるようにできてるんだ」

とマスターが考え深そうな顔になって琉平に言う。

大ちゃんがジュブレ・シャンベルタンで舌をしめらせて、続けた。

「山の神さまにオコゼを供えるってことも知ったんです」

「魚のオコゼ……？」琉平が訊くと、大ちゃんがうなずき、

「山の神さまは醜女《しこめ》で、自分より美しい女性がいると嫉妬《しっと》する。だから醜い顔のオコゼを捧げるようになったんだって」

琉平はクスッと笑い、

「じゃあ、周先生はきっと山の神に嫌われますね」

先生のほうをチラ見する。

先生は何食わぬ顔でブルーチーズを塗ったバゲットを頬張り、赤ワインをおいしそうに

飲んでいる。

「ぼくは木彫りのオコゼをつくって、諏訪の勘文を刻んだんです。さばいた鹿に供えて、神さまにもう一つの呪文を唱えるんです」

「はあーっ。いろんな呪文があって、目《みー》グルグルするさぁね」

琉平が肩をすくめる。

「こんどは何と……?」

マスターが訊く。

「ゴシンムショウ、ウンスイスイノ、ゴシュクニンリン、ドウシブッカ、ナムアビラウンケンソワカ」

「つまり、どういう意味?」

琉平が貧乏ゆすりをしながら訊く。

「前世から成仏できずに獣になったあなた(鹿)は、死を恨まず、人の食べものとなってください。そうして、わたしのからだに取り込まれ、やがて、わたしと一緒に成仏してください——という意味なんです」

大ちゃんがこたえると、

「たしかに、食べものはぼくらのからだに入って、やがて細胞になるもんね」

とマスターが納得する。

　周先生は血の色のような赤ワインを見つめ、

「……食べちゃいたいほど愛してるって言葉、あったね」

　大ちゃんはパッと顔を輝かせ、そうそう、と大きくうなずき、

「食べるって、相手を究極的に知ることですよね。ぼくは鹿が好きだから、鹿を知りたいから、さばきながら苦しい思いをしても、また撃ちに行きたくなるのかもしれない。でも、この相反《あいはん》する気持ちって人間の業《ごう》なんでしょうか？」

　マスターはワイングラスを回しながら、このお酒もそうだけど、とつぶやいて、

「人間そのものが矛盾に充《み》ちてるんじゃないのかな。命を愛《いと》おしく思いながらも、その命を奪わなくちゃ生きていけないとか……。大ちゃんが『ぎりぎりのところ』って言ってたけど、お酒を飲むのって、いつもぎりぎりの崖《がけ》っぷちに立ってる気がするよ。

　ほろ酔いのときは春の日だまりにいる心地がするけど、つい調子にのって飲み過ぎると、一気に闇《やみ》の世界に突き落とされる。

　二日酔いになったり記憶をなくしたり、後で恥ずかしくなるような失敗したりね。そのたびに、もう二度と飲みたくないって思う。なのに、数日たつと、そんなことコロッと忘れて、また飲んじゃうでしょ？　ぼくなんか、じつは、ひとに言えないようなことばかり

やってきた……」

「じゃあ、マスター、お酒のいいとこって、何なのかな?」

と周先生がたずねる。

マスターはちょっと間をおき、

「……自分のよろいを脱ぎすて、いっとき素直になれるってことかな。大昔から、ひとは神さまに近づくために、お酒を飲んできたのかもしれない。自然や宇宙と一つになる感覚がほしかったんじゃないのかな」

それ、すごくわかります、と大ちゃんがつづけた。

「たとえばヤマドリが火の鳥になったあの瞬間、自分というちっぽけな存在がなくなって、何か大きなものと繋《つな》がってる気がしたんです。一瞬だけ、山や川や紅葉と一体となって、まさに忘我《ぼうが》の境地みたいな……」

「ふふ、すごいエクスタシーね」

周先生が色っぽい声でつぶやいたので、琉平は思わずつばを飲みこんだ。

大ちゃんが、

「いま、食べてる鹿肉は、その快楽とともにいただいた命です」

と言うと、マスターが、

「そういえば、性のエクスタシーはフランス語で『小さな死』って言うそうだよ。生の絶頂が死と隣り合わせにある――それってお酒や狩りの恍惚《こうこつ》感と通じ合ってるかもね」

透徹《とうてつ》したまなざしでこたえた。

「さーっすが、いままでの苦い経験、生きてますねぇ」

琉平が茶々を入れる。

「せっかくいただいた命ですから、無駄にしたくないんです。剥《は》いだ皮は加工品に、内臓はコンポスト（堆肥《たいひ》）にする。獲って、さばいて、食べて――そうして人間のからだがつくられるわけですから」

と大ちゃんが続けると、

「命はぐるーっとつながってるからね」

周先生がおだやかな口調で言った。

＊　＊　＊

大ちゃんがステーキを口に運びながら、

「鹿肉は火加減がむずかしいんです。脂肪が少ないから、強火で焼くと、すぐ硬くなっちゃう」

「なにごとも加減が大事、ですよねえ」

加減を知らない琉平が、わかったように腕組みして相づちを打ち、

「マスター、気を許すと、すぐ飲み過ぎちゃうからなあ」

と横に立つ師匠を白い目で見ながら言う。

「トゥーマッチが悪い癖なんだよなあ……」

マスターは恥ずかしそうに頭をかいた。

「飲みすぎない。獲りすぎない。焼きすぎない。『過ぎたるは、なお及ばざるがごとし』」

と大ちゃんがワイングラスを口もとに引き寄せる。

「調子にのりすぎない、ってのがぼくの課題」琉平が小さく舌をだす。

「そうそう。ほどの良さ、たいせつ、です」周先生がフォローし、

「里山も、里にあらず山にあらず。ほどがいいんです」と大ちゃんが受ける。

「そういえば……火の鳥ってどんな鳥なんすか?」

と琉平が訊く。

大ちゃんは一つうなずき、

「火の鳥はね、時間や空間をこえる永遠の生命《いのち》の鳥。寿命を迎えると自ら炎に飛び込んで、また灰の中からよみがえるんだよ」

「一度死んで再生する――それって酒なら蒸留酒だね」

と言って、マスターがワインのボトルを持ちあげ、

「このお酒を一度焼いて命をよみがえらせるとブランデーになる。フランス語ではオー・ド・ヴィー（生命の水）。まさに飲む火の鳥じゃないか」

振りむくと、バックバーから何の変哲もないボトルを取りだした。

簡素な手書きラベルが貼《は》られ、中には赤みがかった琥珀色の液体がたゆたっている。

「コニャックがブランデー界のビートルズとすれば、こちら、ストーンズに匹敵するアルマニャックです」

マスターがコルク栓をきゅきゅっと開け、それぞれのグラスに液体を注いでいくと、上品な葡萄《ぶどう》の香りがふんわり漂い、やがてレンゲやサフランの花の香りも開いていった。

大ちゃんが細いチューリップ・グラスを手に取る。

と、琥珀色の液体にピンライトがあたり、里山の夕日のような金赤色《きんあかいろ》に輝いた。

まさに、あの火の鳥のいろだ。

香りをきいた大ちゃんは、

「森の樹や葉っぱのにおいのする里山らしい酒ですね。これ、鹿肉にぜったい合いますよ」

と幸せそうな顔になった。

「熟成したおとなの酒も、火の鳥も、太陽も……ぜんぶ生命《いのち》のいろなんだね」

とマスターが言う。

「じゃあ、みなさん」

周雪麗先生がやわらかく微笑み、

「永遠のいのち、いただきましょう」

あらためて、全員で乾杯した。

# オクトパス・クリスマス

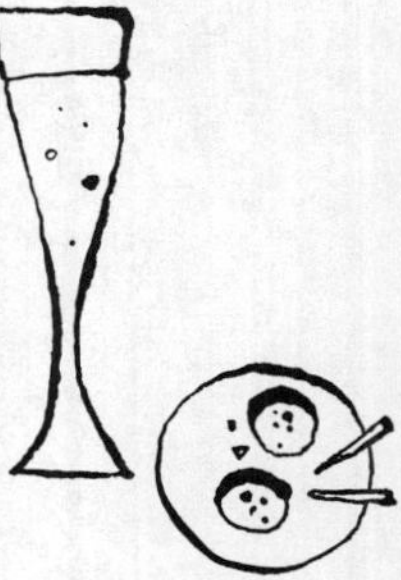

**Bar Riverside**

「メリー・クリスマス！」

開店早々、屈託のない晴れ晴れとした声が、バー・リバーサイドに響いた。

マスターが目を上げると、木製の重い扉の前に、フードの付いた迷彩柄のダウンジャケットを着た愛くるしい女性が小首をかしげ、白い歯を見せて立っている。

なんだか急にバーの空間が、あかるく華やかになった。

「お、なぎさちゃん。メリー・クリスマス！」

琉平が即座に挨拶《あいさつ》をかえす。

「オープン時刻ぴったりだね」

マスターが微笑《ほほえ》む。メリー・クリスマスなんて言うのは柄《がら》じゃない。

「すごいっすね。時間ぴったりに来るひとなんてウチナー（沖縄）にはいないさぁ」

ほんとに感動したふうに琉平が目をパチパチさせる。

「なるべく早くお店に来たかってん。開けたてのバーって、なんかきりっとしてて、空気もきれいやもん」

なぎさちゃんと呼ばれた女性が、歌うような大阪弁で笑顔をふりまいた。ぱっちりと大きな瞳《ひとみ》は深い二重まぶた。すっと通った鼻すじは、ちょっと日本人ばなれしている。肌の色はまるで陽焼《ひや》けしたような褐色。地中海のビーチにいそうな感じだ。歳《とし》の頃は三十前後。小柄だけど、ほどよくグラマラスで背すじがぴんと伸びている。

なぎさちゃんは、マスターの黒シャツと琉平の白シャツを見くらべながら、

「早い時間ってバーテンダーのシャツも糊《のり》ぴしっときいてるし、なんか緊張感あって、好きなんよねぇ」

「ありがとうございます」

ちょっと照れながら琉平が礼を言うと、

「その日最初のタコ焼きつくるときの緊張感とよう似てるわぁ」

少女のように幼い顔になって笑った。

＊　　＊　　＊

大浜《おおはま》なぎさは、二子玉川のとなり駅＝用賀《ようが》のタコ焼き屋でアルバイトをしている。

生まれは大阪湾に面した泉大津《いずみおおつ》というまちである。

全国でいちばん毛布の生産が多いところで、町工場のガッチャンガッチャンという織機《しょっき》

の音を子守唄《こもりうた》がわりに育ってきた、生粋《きっすい》の大阪の下町っ子だ。

なぎさの細胞をはぐくんできたものは、もう一つある。

タコ焼きソースのこんがり香ばしいにおいだ。

生まれ落ちたときには、一緒に暮らしていた祖母が商店街の一角でタコ焼き屋をいとなんでいた。おいしくて人気のある店だったが、なぎさ二歳のときに祖母は天寿《てんじゅ》をまっとうし、その後、母がタコ焼き屋を継いだ。

しかし、もともとからだの弱かった母はなぎさ四歳のときに病死。

タコ焼き好きだった父は、タイヤ会社の薄給サラリーマンをあっさり辞《や》めて、タコ焼き屋に転身したのだった。

好きこそものの上手なれで、それから数年もたたぬうちに、父のタコ焼きは遠く大阪市内や和歌山からもお客さんがやって来るほどの人気になった。

なぎさが東京の私立の農業大学に進学できたのも、父の焼いたタコ焼き一個一個のおかげだった。

東京に出てきて、今も住んでいるアパートは、二子玉川駅から歩いて二十分ほど、バー・リバーサイド近くの鎌田《かまた》にあった。生まれ育った大阪の下町の雰囲気があり、川も近いので、なぎさはこの土地がとても気に入っている。

大学や東京の空気に少し慣れたころ、当時、二子玉川駅前にあった東急ストアに買い物に出かけ、スーパーの入り口にある「たこのゆめ」という小さなたこ焼き屋を発見した。

——近所にタコ焼き屋あるなんて、めちゃラッキー！

なぎさは心のなかでピースサインを出した。

全国どこでもタコ焼き屋を見つけると、とにかく買って食べてみる。それが大阪人・なぎさのモットーだった。

イラチな性格そのままに、すぐさまそのタコ焼き屋の前に立った。

四十代前半と思われる夫婦がふたり、シャキシャキはたらいている気配がなんともいえず良い。

客の出入りが絶えず、忙しそうにしているけれど、油をジュジュッとひく手ぎわ、千枚通しでコロコロひっくり返す手つきから、タコ焼きへの愛が瞬時に伝わってきた。

東京に来てから何軒も食べくらべてみたが、仕上げにワインでフランベしたり、頼んでもいないのにマヨネーズをこれでもかと掛けたり……一風かわったお洒落《しゃれ》なタコ焼きにしようとしているものばかりで、本来のジャンクフードから逸脱《いつだつ》しているのが気にくわなかった。

──ほんまは、もっとざっくばらんな食べものやのに……。

なんでタコ焼きが、山の手でございます、みたいな顔せえなあかんの？

これまで東京のタコ焼きでおいしいと思ったことなんて、一度もなかった。

ぱっと見ただけで、その店がフェイクなタコ焼き屋かどうか、なぎさにはすぐわかるのだ。

──でも、このタコ焼き屋は、なんか違《ちゃ》う。

人間くさいあったかい空気が、ほんわか漂ってくるのだ。

ガタイがよくて強面《こわもて》のご主人は、いっけん取っつきにくかったが、なぎさが恐るおそる注文すると、顔をクシャッとして人なつっこい笑みを浮かべた。ハッとするような美人の奥さんは、話をすると、少女みたいにキュートなひとだった。

タコ焼きができあがるのを待っていると、「学生さんかい？　ソース、多めがいいよね？」とご主人が声をかけてきたので、なぎさは明るい声で「はい！」とこたえて、こっくりうなずく。

──ごっついなあ。客の好み、ひと目でわかるんや。

たっぷりソースを塗った熱々のタコ焼きを渡しながら、奥さんはニコッと笑い、

「ちょっと多めに入れといたから、ね」

と言って、勉強がんばって、と手を振ってくれた。

「たこのゆめ」のタコ焼きをもって、兵庫島《ひょうごじま》公園を抜けて、多摩川の岸辺に腰をおろした。

ゆったり流れる川の面《おもて》は、日の光にきらめいている。

頬《ほお》をなでる風が、気持ちいい。

おもわず、父が散歩に連れていってくれた大津《おおつ》川《がわ》の堤を思いだした。

タコ焼きを頬張る。

外はカリッ、中とろ~り。

ソースは甘すぎず辛すぎず、ちょうどいい。青海苔《あおのり》の香りがほんのり立ち、カツオ節が
タコ焼きの生地《きじ》の出汁《だし》とイイ感じにコラボレートしている。

――これ、大阪のたこ焼きやん！

目が開いて、幸せな気持ちになってくる。マヨネーズがかかっていないのも好みだった。

あっという間に食べ終えると、なんだかせつなくなって、深いため息《いき》がでた。

おいしいタコ焼きを食べると、大阪でひとり暮らす父をいつも思いだしてしまうのだ。

なぎさが子どものころ、父は首にかけたタオルで汗をふきふき、クルクルッと器用にタ
コ焼きをひっくり返しては、

「どや？　お父ちゃん、焼くのん上手《うま》いやろ？」

ニカッと笑って、自慢したものだった。

なぎさはショートカットの髪を揺らして、

「うん。めっちゃカッコええ」

手をパチパチたたいて、褒《ほ》めそやした。

おいしいタコ焼きは、そんなセピア色の記憶を、なぎさに呼びさますのだった。

＊　＊　＊

「今夜のタコ焼きパーティー、みんな、すごーく楽しみにしてますよ」

琉平がうれしそうに、なぎさに話しかけた。

その横で、マスターがやわらかく微笑んでいる。

じつは二週間前、なぎさは、

「来年から、わたし、タコ焼き屋はじめまーす！」

とバー・リバーサイドで宣言したのだった。

今日はそのお祝いを兼ねて、クリスマスイブの夜に常連が集まり、みんなでなぎさ手製のタコ焼きを食べながら一献《いっこん》傾けることになっている。おととい、すでにパーティー用のタコ焼き器は店に預けていた。

なぎさが独立することになったのは、駅前開発で用賀に移転した「たこのゆめ」ご夫妻が、両親の介護のため、出身の大分に帰ることになり、急遽《きゅうきょ》、この年末で店を閉めることになったからだ。

なぎさは大学卒業後、会社勤めをしていたが、タコ焼き屋への夢を捨てきれず退職し、「たこのゆめ」で修業を重ねていた。

ゆくゆくは自分の店を持ちたいと思って、以前からマスターの川原草太にも、資金のことや店の立地など独立の相談に乗ってもらっていた。

年末でバイトがなくなると聞いたマスターは、

「ご夫妻から学んだことをやっと活《い》かせる、絶好のチャンスじゃないか」

と言って、なぎさの肩を押してくれたのだ。

会社員時代やアルバイトで貯《た》めたお金を合わせると、小さな屋台程度の店を開くには十分だった。

「ここをはじめたとき、ぼくだって、この先どうなるかなんて全然わかんなかったよ」

マスターが言う。

「わたしに……経営なんて、できるんかな？」

「理系だけど計算に疎《うと》いマスターでもどうにかやってんすから、大丈夫っすよ」

琉平がめずらしく素直にフォローし、

「海に飛び込めば、あとは泳ぐだけだよ」

マスターがやさしく微笑んでくれた。


小さい頃から、なぎさはタコ焼き・お好み焼きなど「こなもん」に目がなかった。ラザニアやスパゲティなど、父の作ってくれるイタリアの「こなもん」料理も大好きだった。父はよくガイジンに間違えられるほどエキゾチックな顔をしたイケメンだったが、あるとき、テレビの「日曜洋画劇場」を観《み》ていると、父とよく似たひとが出てきた。マルチェロ・マストロヤンニというイタリアの俳優だった。

――お父ちゃん、ぜったいイタリアの血ぃ入ってるわ。

そう考えると、父の作るパスタやピザがおいしいのも納得できるし、巻き舌でしゃべるのもよくわかる。イタリアとイタリア人にますます親しみが湧《わ》いてきた。

お父ちゃんの先祖はもともと九州の天草《あまくさ》やし、きっとイタリアからやってきた伴天連《ばてれん》の末裔《まつえい》なんやわ、となぎさは思っていた。

父は仕事を終えると、ひと風呂《ふろ》あびてさっぱりした後、売れ残ったタコ焼きをおつまみに、瓶ビールを飲むのを無上の喜びとしていた。

「残って冷とうなったタコ焼き食《く》うたら、そのタコ焼き、ホンマモンかどうか、ようわかんねん。こんだけおいしいタコ焼き、めったにないでぇ」

そう言って自画自賛すると、サッポロの赤星ビールの王冠を栓抜きでコンコンたたいた。ビールを開ける前にかならずやる神聖な儀式だ。

かたわらにちょこんと座ったなぎさは、その手もとをじっと見つめていた。

父はなぎさの頭をやさしく撫《な》でてから、ボトルを持つと、それをゆっくり傾けた。黄金色の液体が注がれると、コップの底からシュワシュワーッと心地よい音がたち、きめ細かい泡がぐんぐん駆け上がっていく。

なぎさはその様子を見るのがとっても好きだった。でも、もっと好きなのは、クリームみたいな泡がこんもりと浮かんだ姿だった。

――なんで、あんなに泡たつんやろ？

不思議で不思議でしかたなく、毎回、首をひねった。

父は自分の口のほうからコップを迎えにいった。

そうして息つく間もなくゴクゴクゴクッとのどを鳴らして飲んだ後、プハーッと声にならない声をあげ、「こらぁ、たまらんわ」とコップをテーブルにトンと置いた。

唇にはビールの白い泡が髭《ひげ》のようについている。

なぎさは父の口のまわりを指さして、

「お父ちゃん、サンタさんみたいになってはるぅ」と大笑いした。

こんなこともあった。

風呂が苦手ななぎさに、あるとき、

「お父ちゃんと一緒に風呂はいるんやったら、ビールの泡のませたるよぅ」

ニコッとして、たくみに誘う。

「ビールの泡」にすかさず反応したなぎさは、うん、とうなずくが早いかいそいそと風呂場に向かったのだった。

なぎさは、愛敬《あいきょう》があって頭の回転の早い父が大好きだった。

大学の醸造学科に入ったのも、じつはビール好きの父に、自分のつくったビールを飲ませたかったからだ。

大学在学中には生来《せいらい》の「こなもん」好きが高じ、「こなもんや三度笠」と称した世界こなもん探求の旅に向かったが、その途上、はじめて憧《あこが》れのイタリアを訪ね、「西のこなもん王国」にどっぷり浸《つ》かってしまった。

そして卒業後、イタリア食材やワイン、ビールを輸入する会社に就職。仕事やプライベートで何度もイタリアに通いつめ、すっかりその虜《とりこ》になったのだった。

＊　＊　＊

「昼過ぎにね、寿司屋の若松《わかまつ》さんが、けさ河岸《かし》で仕入れたタコ、持ってきてくれたんだよ」

マスターが言うと、

「ほんまにっ？」

なぎさは目を真ん丸にして、驚いた。

「で、ぼくがタコ料理、ちょっとだけ作ったわけさぁ」

琉平が胸をはる。

「え？　琉平さんが？」

「そう。イタリアンに詳しいなぎさちゃんに食べてもらうと思ったら、なんかドキドキしちゃってさぁ」

「ほな、タコ焼き用のも、ええタコやね」となぎさ。

「もちろん」

とマスターが言い終わらぬうちに、入り口の木製扉がギギッと開いて、

「まいど!」

ニットキャップをかぶって黒い革ジャン・革パンできめた若松海人《うみひと》が顔をのぞかせた。

雪で真っ白になったキャップはまるで綿菓子みたいだ。

若松はマスターと同い年、六十歳を過ぎた寿司職人。髙島屋の裏に延びる古くからの商店街で、「寿司すずき」を妻とふたりで営《いとな》んでいる。

海人という名前のイメージと違って、陽焼けもせずに餅《もち》のように白い肌。マスターをひとまわり小さくしたような姿かたちをしているが、下腹がぷっくり出ている。ちょっと人のいいブルース・ウィリスみたいな風貌《ふうぼう》だ。

「いやあ。ぼたん雪、夢みたいにきれいやったなぁ」

と言いながら、若松がキャップをとってパタパタはたくと、雪が花びらのように、はらはら舞い落ちた。

と同時にスキンヘッドがあらわれて、バーの灯《あか》りにきらめいた。

「若松さん。ま、まぶしいっすよ」

琉平がわざとらしく手で目をおおうと、なぎさがプッと笑う。

さらに琉平は、丸刈りのマスターとスキンヘッドの若松を見くらべて、

「ふたり並ぶと、まるでタコ焼きのマトリョーシカみたいっすよ」

軽口《かるくち》をたたみかけた。

「受けすぎ〜」

なぎさが大笑いして、椅子《いす》から落ちそうになる。

マスターは咳《せき》ばらいをひとつし、

「で、最初の一杯、どうしましょ？　やっぱり、マルガリータ？」

身を乗りだして、若松となぎさに訊《き》いてきた。

＊　＊　＊

琉平のつくったタコの燻製《くんせい》が、スモーキーな香りとともに小皿に盛られてサーブされた。

若松はフォークを使わず、手づかみでひょいと口に運ぶ。

「さっすが、寿司職人ですね。手でいきますか」

琉平が突っこむと、モグモグしながら、

「やっぱり、白ワインかな？」

若松は、ワインに詳しいなぎさに顔をむけて訊いてきた。

なぎさもタコ燻を口にふくみながら、軽くうなずく。

「そうくると思ってました！」

琉平が目くばせすると、マスターがワインセラーから、きりっと冷えたワインを取り出し、ステム（脚）なしのグラスにたっぷり注いだ。

ふたつのグラスをなぎさと若松それぞれの前にそっと置く。グラスの周りにはきめ細かい霧がびっしりとついている。

うっすらと緑がかったレモンイエローの液体からは、ジャスミンのような香りがたってくる。

なぎさはワインを口にふくむと、舌の上で軽くころがし、

「酸味のほどがエエ感じ、切れ味もサイコー」

左のほっぺたに笑《え》くぼをつくって、タコと相性ぴったり、とつぶやく。

「とっても爽《さわ》やか。これ、寿司にも合うかも」

若松はゴクゴクと白ワインを飲んだ。

マスターはふたりの様子を見て、こういうラベルなんですよ、とボトルを目の前にすっと差しだす。

なぎさが、お、と目を見開いた。

「ラベル、タコやん。なんか親しみわくわぁ」

若松も、ほんまや、と思わず大阪弁になった。

マスターが、

「スペイン北西部のガリシャ地方のワインで、『プルポ・アルバリーニョ』っていうんです」

「プルポ？」若松が首をかしげる。

「スペイン語でタコのこと。イタリア語ではポルポ」となぎさ。

「よう知ってるね」

若松が感心する。

「イタリア語とスペイン語って、きょうだいみたいなもんやから」

と、なぎさがワイングラスを傾けながら言うと、

「さっすが、ラテン系大阪人！」

琉平が混ぜっかえした。

「アルバリーニョって、スペインの白葡萄《ぶどう》のいい品種だよね」

マスターがなぎさに確認すると、なぎさはうなずき、

「ガリシャってポルトガルの北側にあるねんよ。海に面してて、ホタテ貝とかイワシとかシーフードがめっちゃ有名。そういえば、タコ飯《めし》もおいしかったなあ」

「いやあ。このプルポってワイン、酢だこにも合いそうやね」と若松。

「ほんまやねえ」

なぎさが同意する。

同じ大阪出身のふたりは味覚が似ていて、食べものの好みがぱっちり合うのだ。

その間に、琉平が小ぶりのタコをまるまる一匹茹《ゆ》であげ、ひとくち大にカットし、すばやく出してきた。皿には半分に切ったレモンが一個添えてある。

その茹でダコを見たとたん、なぎさのテンションは一気に高まった。

「シチリアのパレルモで食べたのんと同《おんな》じや」

市場のタコ専門の立ち食い屋台で食べたのだという。

水揚げされたばかりのタコを大きな寸胴鍋《ずんどうなべ》で湯がき、ナイフ一本でパパッとさばいて客に食べさせるという有名なタコ親父《おやじ》がいて、いつも人だかりがしていたのだそうだ。

湯がいたタコにキュッとレモンを搾っただけなのに、身はやわらかく、甘くて濃厚な味だった。

「イタリア人も大阪人もタコ好きなん、ほんま、よう似てるよねぇ」

と若松がなぎさにうれしそうにしゃべりかけた。

「手ぇピストルにしてバーンって撃つマネしたら、『ううっ……』って言いながら倒れるフリするんも、おんなじや」

なぎさが子どもみたいにはしゃいでこたえると、マスターが、

「一度だけナポリに行ったことがあるんだけど、なんか大阪のジャンジャン横丁とか通天閣の下あたりと同じようなにおいしてたよね」

「京都にはフレンチ、大阪にはイタリアン多いって都市伝説あるけど、それって、ようわかるわ」

若松が茹でダコを頬張り、プルポワインをごくりと飲んでフォローした。

なぎさもタコを口に入れ、これ、思いっきり海の味ぃー、とせつない声を出し、白ワインをグッと飲みほす。

そして、マスターと琉平を交互に見やりながら、

「ほんま、大阪ってタコに縁があるんですよ。南海電車に蛸地蔵《たこじぞう》いう駅あったり、漫画トリオの横山ノックのタコ踊り、めちゃ受けしたりね」

「やっぱ、イカ焼きよりタコ焼きのほうがポップですよねえ。イカってタコよりクールさね。『このタコが！』って言われても、『このイカが！』とは言われんさねぇ」

琉平が合いの手をいれる。

「タコって『ええカッコしぃ』やないんよ。そこが人気の秘密やねん」

なぎさがうなずいて、言った。

＊　＊　＊

そのときバー・リバーサイドの木製扉が開いて、粉雪がさっと舞い込んできた。

「福岡のこなもん大王どぇーす」

と白い息をはきながら、手打ちうどん屋の井上が朗らかに入ってくる。

「ほら、てぬきうどん。おみやげたい」

ビニール袋をひょいと持ちあげ、カウンターに歩みよると、中にいる琉平に手渡した。

琉平はお礼を言いつつ、

「今夜はタコ・ナイトなんです。だからクリスマス・イブじゃなくって、クリスマス・イボ、なーんちゃってぇ」

ジョークを一発かますと、

「なーるほど。イボはタコみたいなもんやもんね」

井上が妙に感心して、大きくうなずいた。

なぎさが井上に笑顔で会釈《えしゃく》すると、

「はよう、なぎさちゃんのタコ焼き、食べたかぁ」

と言いながら井上はなぎさの右隣のスツールに、よいしょ、と腰かける。

マスターが井上に頭を下げ、

「井上さん。タコ焼き、もすこし待ってくださいね。まずは琉平のタコ料理、出てきますから」

「ほんなら、とりあえず、ビールといこうかぁ」

かしこまりました、とマスターが冷蔵庫から取り出してきたのは、330ミリリットルの茶色い小瓶。ラベルには、ソフト帽をかぶったマフィアみたいなおじさんがジョッキでビールを傾ける姿が描かれている。

「これ、見たことないビールやなあ。ぼくも飲んでみようっと」

若松がしげしげと小さなボトルを見つめた。

「モレッティっていうイタリアのビールなんですよ」

と琉平が若松に説明しながら、なぎさに軽くウインクする。

と、なぎさが、ありがと、と小さく言った。

以前なぎさが働いていた会社が輸入しているビールで、彼女自身、出張でその醸造所に行ったことがあった。なぎさのイタリア人の彼氏はワインよりビールが好きで、いろんな料理にこのモレッティを合わせていた。

「今日は、イタリアンなタコ料理に合うビール、ご用意いたしました」

マスターが明るく晴れやかな声で言い、琉平と手分けして、井上、若松、なぎさによく冷えたモレッティを注いでいく。タンブラーは薄造りの8オンス。すこし広口でストンとした形の、昔ながらのコップだ。

井上が口のほうからタンブラーを迎えにいき、淡い黄金色の液体を、のどを鳴らして飲む――その姿を見ていると、なぎさは自然と父のことを思いだした。

出張のおみやげでモレッティを持って実家に帰ったとき、父はたちどころに半ダース飲みほしたものだった。

一気にタンブラーを空けた若松が、

「このビール、ほんま軽い口あたりやねえ。暖房きいたとこで飲むのにバッチリや」

目をつむって香りを吟味していた井上は、

「ホップの後に、なんかトウモロコシの粉みたいな香りも広がるねぇ」

「さっすが、こなもん大王！　するどいっ」

琉平がすかさず持ちあげた。

＊　＊　＊

しばらくして、カウンターの三人にサーブされたのは、琉平が丹精込めてつくったタコのトマト煮だった。イタリアンパセリの緑が、トマトの赤をぐんと際立《きわだ》たせている。ニンニクとオリーブオイルの香りたつ料理を見たとたん、なぎさの頭に、二年前の夏の記憶がフラッシュバックした。

——アレッサンドロの家でも食べたなあ……。

ひとくち頬張る。

と、柔らかく煮込まれたタコの身が、口の中でほろほろとくずれていく。トマトソースにはタコのうま味がじゅんと染みだし、海のエキスの入った深い味わいになっている。

目を閉じて噛《か》みしめていると、まぶたの裏に南イタリアの海がよみがえってきた。

——あの日……。

アレッサンドロの実家はイオニア海をのぞむ高台にあって、爽やかなレモンの香りに包まれていた。

透きとおった陽光と目の覚めるようなブルーに染まりながら、なぎさは玄関の前に立った。

アレッサンドロは、なぎさが初めてイタリアに出張したときから通訳としてついてくれたひとだ。日本語が堪能で剣道も習う勉強家。イタリア男にありがちなC調な感じなど微塵《みじん》もなかった。禅や茶の本を愛読するだけあって、どこか東洋人を思わせる女性的なやさしさを身にまとっていた。

彼と話すうち、そのやさしさのみなもとは、母ひとり子ひとりで育った彼の生《お》い立《た》ちにあるのがわかってきた。

ものごころついた頃から父とふたり暮らしだったなぎさには、アレッサンドロのことがよりいっそう身近に感じられ、会うたびに彼への思いはつのっていったのだ。

「タコのトマト煮は、イタリア語でポルポ・アッフォガートって言います」

琉平がこころもち胸を反らして説明すると、なぎさはタンブラーを持ったまま、長いまつ毛を伏せた。

二年前の夏、南イタリアの港町・ガリポリ――。

アレッサンドロの母《マンマ》は、遠くからやってきた息子のガールフレンドを、タコのトマト煮をはじめたくさんの手料理でもてなし、地元のワインを飲んで歌をうたい、無邪気にジョークを言っては太ったからだを揺らして笑いころげた。

素直で一本気な息子がどうして日本の女の子を実家に連れてきたか、そのことはわかりすぎるほどわかっていた。

マンマはイタリアの太陽のようになぎささを迎え入れてくれ、食事のあいだじゅう額《ひたい》にいっぱい汗を浮かべながら、笑みを絶やすことはなかった。

長い夕食を終えると、透明なコーヒーカップに冷たいバニラのジェラートを入れ、熱いエスプレッソをかけたドルチェをサーブしてくれた。

ジェラートはやわらかく溶け、おいしそうなミルクコーヒー色になっていく。

バニラとコーヒーの香りが渾然《こんぜん》一体となって、なぎさは海からの風に吹かれながら、ゆったりとした深い幸福感につつまれた。

「ジェラートがエスプレッソに溺《おぼ》れてくみたいでしょ？　だから、アッフォガート・アル・カフェって言うのよ」

とマンマはやさしく微笑んで、教えてくれた。

ひとくち食べて、おもわず、なぎさは目をみはった。

——こんなドルチェ、食べたこと、ない……。

マンマはにっこりし、

「さっきのタコのトマト煮も、このへんじゃ、ポルポ・アッフォガート（タコの溺れ煮）

って呼んでるのよ。ほら、たっぷりのトマトソースにタコが溺れてるように見えるでしょ？」

と言うと、また、お腹《なか》を揺すって笑った。

そして、月の光にかがやく海を眺めながらリモンチェッロを飲んでいると、アレッサンドロがトイレに立った。

そのすきにマンマはなぎさを突然ハグし、大きなからだで包みこむと、

「婚約……おめでとう」

と言って、耐えきれないようにかすかな嗚咽《おえつ》をもらした……。

アレッサンドロがふたたび席につくと、マンマは笑顔にもどったが、なぎさの心は複雑だった。

ゲストルームのベッドに横たわっても、なかなか寝つけない。

いつしか風も強まり、波の音が高く聞こえてくる。まんじりともできず、妙に胸がざわついている。

何度目かの寝返りをうったとき、あたたかい手でスッと髪を撫でられたような気がした。

この感触……？

子どものころ、さみしくて泣きそうなとき、運動会の徒競走でいちばんになったとき、いじめられっ子と仲良しになったとき、ことあるごとに父はなぎさの頭をやさしく撫でてくれたのだ。

「………お父ちゃん？」

青い闇《やみ》のひそむ部屋の奥に向かって、おもわず呼びかけた。

と、閉まっていたはずの窓がバタンッと開き、風が勢いよく入ってきた。

レースのカーテンが激しく揺れた。

ナイフのように鋭くとがった一陣の風が吹きぬけていく。

なぎさのからだは冷水を浴びせられたように凍りつき、微動だにできない。

目をつむったまま震えていると、心臓がどくんどくんと早鐘をうった。

そのとき、サイドテーブルの携帯が鳴った。

こんな時間に……？

眉をしかめながら画面を見る。「非通知」だ。

出ようとすると、いきなり、切れた。

鼓動の高まりはおさまらず、胸騒ぎはずっとつづいている。

ふたたび携帯が鳴る。

番号は、大阪や……。

「もしもし……」

「大浜なぎささんでいらっしゃいますか？　こちら、泉南《せんなん》警察署ですが」

「……警察？」

「大浜健次《けんじ》さんは、お父様ですね？」

「は、はい……」

「じつは……さきほど、事故で亡くなられました」

「………………」

お父ちゃん……。

からだじゅうの力が抜けていった。

息が苦しい。

言葉がまったく出てこない。

電話口の向こうでは、警察が「もしもし、もしもし」と何度も繰りかえしていた。

＊　＊　＊

なぎさの父は、その日、商店街の仲間とタコ捕りに出かけ、たまたま溺れかけた子どもを見つけて、海に飛び込んだのだ。

幸い子どもを救うことはできたが、そこで父は力尽き、溺死《できし》してしまったのだった。

「ビール、飲み過ぎやったんや……」

ひと、良すぎ……ほんまにアホや……。

なぎさがぼそっとつぶやいた。

バー・リバーサイドの大きな窓からは、しんしんと粉雪の舞う多摩川の河原《かわら》が見える。

じっとなぎさの話を聞いていたマスターが、

「思い出させてしまって……」

と言って深く頭をさげたが、なぎさは、ううんと首を横に振り、

「お父ちゃんもタコ大好きやったから……」

とハンカチで目の端をぬぐい、

「あの夜から、父の気配、ときどき感じるねんよ」

ぬるくなったモレッティをぐっと飲みほした。

「お父さん……なぎさちゃんに何か言いたいこと、あるのかな？」

マスターが真摯《しんし》なまなざしで訊いた。

なぎさは少女のような笑顔になって、

「イタリアでタコ焼き屋やりなさいって」

「えっ？」

マスターが絶句し、

「イ、イタリアで？」

若松が眉《まゆ》をあげ、

「まさかよぅ……」

琉平がぽかんと口を開け、

「たまげたぁ」

井上が腰を抜かしたような顔になった。

「『これからは、アレッサンドロとお義母《かあ》ちゃんと三人でイタリアン・タコ焼きやったらええがな』って」

「二子玉《にこたま》じゃなかったんだ……」

琉平が目をパチパチさせる。

なぎさが、うん、とうなずき、

「アレッサンドロの友だち集めて、みんなにタコ焼き食べさせたら、めっちゃ評判よかってん」

「へぇぇ、外国人にも受けたんやね」若松が感心した声をだす。

「たしかに、ホーチミンやジャカルタでもタコ焼き屋に行列してるの、見たさぁね」

と琉平が腕組みして言う。

「ほっこり丸いかたちとジュッとソースの焦げるにおいに惹《ひ》かれるんじゃないのかな」

とマスター。

「イタリアもコナモン文化やもん、親しみの湧くとやなかねぇ」

井上がうれしそうに同意する。

「ほな、そろそろ、タコ焼きタイム、いきましょかぁ」

すっかり気持ちを入れ替えたなぎさは、イタリアの青空のように笑うと、奥の棚からタコ焼き器を取り出してきて、カウンターの上に据《す》えた。

＊　＊　＊

なぎさは慣れた手つきで鉄板にオリーブオイルをひき、あふれるくらいたっぷりの生地《きじ》をさらさらっと流した。生地には隠し味でガーリックパウダーを入れてある。

パチパチ、パチパチ――と油が繊細にはじける音が立った。

次に、二十個の穴にタコを一つひとつパッパッパッと入れていく。

その様子を傍《かたわ》らに立ってうれしそうに眺めながら、大阪生まれの若松が、

「子どものころ、タコ焼き六つ食べても、タコ入ってんの一つくらいやったもんなあ。代わりにコンニャク入っとったよ」

と笑う。

なぎさが、プチトマト、モッツァレラチーズ、パンチェッタ、バジル……とまんべんなく具材を鉄板に散らしていくと、

「あれれ？　天かすとか青ネギとか紅ショウガ、入らないんすか？」

琉平がカウンターから身を乗りだし、声を裏返らせて訊く。

なぎさは琉平の質問を聞きながし、額に細かな汗を浮かべて黙々と仕事をつづけた。

やがてタコ焼きの生地が半透明になり、ぷるんとしてくると、なぎさは両手に千枚通しをもって、穴と穴の間をシャッシャッと切っては、はみ出した生地を素早く穴の中に折り込みながら、まだ生《なま》焼けのタコ焼きをクルックルッとひっくり返していく。

そのたびに千枚通しが鉄板に当たり、シャカシャカといかにもおいしそうな音がした。

井上は真剣になぎさの手もとを見つめ、

「やっぱ、料理は音たい」

うどんがたくさんの泡《あぶく》とともに湯の中から浮き上がってくる音を思い出して、ひとりご

ちる。

なぎさは手首をしなわせ、リズミカルにタコ焼きをひっくり返していく。

「まるでシェイカー振ってるみたいだ」

マスターは、あざやかな手つきをほれぼれと見る。

「ほとんどパーカッションさね」

琉平がため息をもらす。

(ええぞ、その調子や)

どこからか、父のやさしい声も聞こえてきた。

一瞬、なぎさは天井をあおぎ見たが、すぐさま鉄板に視線をもどす。

裏返したタコ焼きは淡いキツネ色になり、香ばしいにおいを立てはじめた。

もう一度ひっくり返す。ピンポン球のように真ん丸いタコ焼きになっている。

そしてシャッシャッシャッと三回目のひっくり返しをおこない、なぎさは、うん、とうなずき、手の甲で額の汗をふいた。

皮はこんがり焼けて、中のトマトやバジルがうっすら透けて見える。

まるで二十個の可愛《かわい》いタコの惑星が生まれたみたいだ、とマスターは思った。

なぎさはタコ焼きを千枚通しで二個ずつ突き刺しては小さな皿に盛り、さっきのポルポ・アッフォガートのトマトソースをたっぷり刷毛《はけ》で塗って、オリーブオイル、ドライパセリ、ブラックペッパー、パルメザンチーズをサッと振りかけた。

最後に、色あざやかなフレッシュバジルをトッピング。

(よっしゃ。ようでけた)

父のあたたかい声が、満足そうにひびいた。

なぎさは軽く相づちを打ち、

「ボナ・ペティ!」

元気いっぱいに言うと、爪楊枝《つまようじ》を二本ずつ添えて、みんなに手早くサーブした。

＊　＊　＊

だれよりも早く、琉平はタコ焼きを爪楊枝一本でぷにゅっと刺して、口に運ぼうとした。

が、タコ焼きがくるくる回り、なかなかうまく食べられない。

その様子を笑いながら見ていた若松が、こうすんねん、と慣れた手つきで爪楊枝二本をタコ焼きに刺した。

琉平はなるほどと納得し、もう一本爪楊枝を刺すと、大口をあけてタコ焼きを頬張った。

「あふっ」

と声が出たが、はふはふ食べつづけ、マスターに向かってジェスチャーで飲みものを催促する。

なぎさの手ぎわの良さに感動し、つい我《われ》を忘れていたマスターが、そうだそうだ、とさっそく冷蔵庫からキンキンに冷えたプロセッコを取りだした。

イタリアン・タコ焼きができあがるのを見ながら、何を合わせるか頭の片方で考えていたが、ヴェネツィア近くで生まれるスパークリングワイン＝プロセッコにしようと決めたのだった。

深緑色のボトルは流線形。いかにもイタリアらしい洒落《しゃれ》たデザインだ。

「……おいひい」

琉平が喜びの声をあげるのを横目に、マスターはポンッと小気味いい音をさせてコルク栓を抜き、フルートグラスにプロセッコを注いでいく。

きめ細かい上品な泡が心地いい音をたてて舞い上がるのを、みんな、口もとをほころばせて見つめている。

マスターが注ぎ終わると、すみません先《さき》たべちゃって、と琉平がペコペコ謝りながら、それぞれの目の前にグラスを置いた。

「ばってん、タコ焼き、ちょうどよか温度になっとーもんね」

と井上が琉平の肩をたたいて笑った。

なぎさの作ったタコ焼きはモッツァレラチーズがほんわりやさしく、トマト、バジル、パンチェッタのハーモニーが、イタリアのひかりを集めたように明るく朗らかだった。

タコ焼きを一気に四個食べ、プロセッコを飲みほした若松が、

「こんなタコ焼き食べたん、初めてや。これ、イタリア人ぜったい好きやわ。このスパークリングワインにもよう合《お》うてる。きっと、さっきのビールとも相性ばっちりや」

とマジな顔で言う。

えへへ、となぎさは笑って、

「イタリア人、大阪の元祖タコ焼きも好きやけど、トマトソースのきいたピザ風タコ焼きも受けるんよ」

井上はグラスを置くと、真剣なまなざしで、

「もうすぐ、あっちで彼氏とタコ焼き屋やるんやろ?」

なぎさはうなずき、

「アレッサンドロも、タコ焼き、大好き《アモーレ》なんです」

「二人でやるのが絶対によかよ。若松さんもうちも夫婦ふたりでやっとーけん、そのアモ

ーレっちゅうか、そういうんが真正直《ましょうじき》に味に出るっちゃん」

「『たこのゆめ』もお二人でやってはったし」

となぎさがこたえると、

「そうたい、そうたい。食べもんの味は人間味《にんげんみ》やけん。あの二人はよか夫婦やった。喧嘩《けんか》もようしよったばってん、仲直りの後《あと》の味がまた美味《うま》かったばい」

井上は、うちもそうやけど、と頭をかいて恥ずかしそうに付け加えた。

「ひとりより、ふたり。ま、ぼくら、男同士なんですけど……」

琉平がちょっとしなを作って、ですよね、とマスターに声をかけた。

＊　　＊　　＊

マスターの背後にある大きな窓からは、きれいに雪化粧をした多摩川の岸辺が見える。

夜の底が白くなって、いつもより明るい闇が広がっている。

「いよいよホワイト・クリスマスになってきましたねえ」

沖縄生まれの琉平は、声のトーンがいちだんと高くなった。

「クリスマスって、もともと冬至《とうじ》のお祭だったらしいよ」

とマスターが言う。

大昔のヨーロッパでは、一年でもっとも昼の時間が短い冬至の日に、これから再び日脚《ひあし》が伸び、太陽の力が強くなっていくのをお祝いしたという。闇の長いこの日は、亡くなった人がこの世に帰ってくる日でもあったそうだ。

「つまり、冬から春に向かってバウンドする日ってことっすかね？」と琉平。

「そう。谷深ければ山高し、だよ」とマスター。

井上はプロセッコをひとくち飲んで、

「なんでん大事なもんは山あり谷ありの波の形ばしとーったい。振幅《しんぷく》はたいせつや。人生もそうやろう？」

と言って、となりに座るなぎささに顔をむけ、

「あんたも親父さんやアルバイトば失《うしの》うたことで、新しか道、見つけたんやから……」

なぎささは井上の言葉に、ちょっとうるっときた。

やりとりを見ていたマスターが、

「これから日も長くなることですし、このプロセッコにちょっとだけイタリアの太陽、入れてみますか」

と言って、冷蔵庫からブラッドオレンジ色の液体の入ったボトルを取りだし、琉平にさっと手渡した。

ラベルにはAPEROL《アペロール》と書いてある。

琉平があらためてもう一本プロセッコを開栓しながら、

「アペロールって、カンパリの妹みたいなリキュールですよ」

と言って、グラスに半分ほどプロセッコを注ぎ、そのあとからアペロールを静かに足していく。

「アペロール・スプリッツってカクテルです」

つくりながら琉平が言う。

淡い麦わら色だった液体が晴れやかな橙色《だいだいいろ》に変わり、陽光をいっぱい浴びたシトラスの香りが魔法のようにふわっと漂った。

グラスが行き渡ったところで、井上がなぎさの方に向き直り、じゃあ、と口を開く。

「独立おめでとう！　イタリアで頑張《がんば》んしゃい。雪が降ろうが雨が降ろうが、いつもこころに太陽ばい」

音頭《おんど》をとって、乾杯した。

ひとくち飲んだ若松が、

「これ、甘苦《あまにが》さが魅力的やわ」

目を見開く。

「苦さが、甘さを、引き立てとうね」

と井上が受けた。

窓の外ではさっきまで小降りになっていた雪が、また、ちらちらと舞いはじめている。

なぎさが雪に見とれながら、アペロール・スプリッツもタコ焼きに合わせてみたいなあと思っていると、ふっと髪の毛をやさしく撫でられた。

(イタリアン・タコ焼き、なかなかやるやないか)

お父ちゃん、味、わかったん?

(なんでもお見通しや)

ほんまぁ? うれしいわぁ。

(東京でもイタリアでも、なぎさがどこにおっても、いっつもそばにおるよ……)

お父ちゃんの味をもとに、いっぱい工夫してん。

(ようがんばったなぁ。お前は、わしの誇りや)

そんなん言われたら、なんかクリスマス・プレゼントもろたみたいやぁ。

「お父ちゃん、ありがとう……」

なぎさは白いのどを見せ、天井の隅を見上げて、小さくつぶやいた。

マスターと琉平は互いに目くばせし、

「メリー・クリスマス！」

なぎさに向かって、爽やかにはじけるお酒のグラスを上げた。

バー・リバーサイドの窓の外では、しずかに雪が降りしきり、純白の景色をつらぬいて多摩川がどこまでも黒々と流れている。